で、
ホテ まりません

n k o

美森萠

マーマレード文庫

目次

シークレットベビー発覚で、ホテル御曹司の濃蜜な溺愛が止まりません

シークレットベビー発覚で、
ホテル御曹司の濃蜜な溺愛が止まりません

プロローグ

四月の爽やかな風が、頬をかすめる。どこからか甘い花のような香りがして、私は思わず目を細めた。

「ママ、きもちいねぇ」

「ほんとだね」

自転車を漕ぐ私の後ろで、二歳になる息子の紘基《ひろき》が言う。続けて鼻歌まで聞こえてくる。気分がよくなった紘基が、突然足をばたつかせた。

「わあっ！」

驚いた拍子にバランスを崩して自転車ごと倒れそうになり、私は慌てて地面に両足をつけた。

「びっくりした……。紘くん大丈夫？　どこも痛くない？」

「だいじょぉぶ」

紘基も怖かったのだろう。目に涙を溜め、への字に曲げた唇が震えている。今にも泣き出しそうだ。

「紘くん、自転車に乗ってる時には大人しくしててね。暴れるとすごく危ないから」

「ごめんちゃい、ママ……」

「びっくりしちゃったね。もう大丈夫だからね」

背中をさすりながら繰り返すと、安心したのかようやく紘基に笑顔が戻った。

「わ、もう七時半を過ぎてる。早く保育園に行こうね」

「ひろくん、ほいくえんいく！」

お友達と遊ぶことが大好きな紘基が、園のことを思い出してぱっと顔を明るくした。

怖さはどこかに吹き飛んだようだ。私はほっと息を吐いて、再び自転車を漕ぎ出した。

私、日野遥花《ひのはるか》は一人で息子の紘基を育てているシングルマザーだ。

紘基は二歳のわんぱくざかり。体を動かすことが大好きで、追いかけまわすのが大変だ。

私は都内の大学を出た後、ホテルアヴェニール東京《とうきょう》というところでホテリエとして働いていたが、とある理由で入社四年目の春に退職し、今は紘基を育てながら、実兄の省吾《しょうご》が経営するビストロ『カシェット』を手伝っている。

保育園の駐輪場に自転車を停め、紘基と手を繋いで園庭に入る。担任の美沙《みさ》先生を見つけると、紘基は私の手を放して駆け寄った。

「せんせい、おはようございます」

「紘基くんおはよう。もう勢《せい》くんも来てるよ」

「せいくんだ！」

「あ、ちょっと待った紘基くん」

仲良しのお友達を見つけて、そのまま走っていこうとする紘基を、美沙先生が止めた。

「お母さんに行ってきますって言わなきゃね」

「はーい、ママいってきます」

「いってらっしゃい。また夕方ね」

手を振るのもそこそこに、紘基はお友達のいる教室に駆けていった。入園当初、なかなか私から離れようとせずに泣いていたのが嘘のようだ。その成長ぶりを頼もしく思うと同時に、複雑な気持ちになる。

もしかしたら、私と一緒に紘基の成長を見守っていたかもしれない人……。

彼は、紘基がこの世に存在していることすら知らない。

紘基が何か一つできるようになるたび、新しい言葉を覚えるたび、嬉しいと同時に罪悪感が顔を出す。

紘基の父親、千紘《ちひろ》さんがこのことを知ったら、どう思うのだろう。

「それじゃあ、紘基くんお預かりしますね」

「はい。よろしくお願いします」

美沙先生に紘基を託し、私は兄の店へ向かった。

兄が経営するビストロは、保育園から自転車で十分ほど。昔ながらの商店街の一角にある。オーナーは別にいるが、経営や店舗の運営は全て、兄に任せてくれている。

本来の営業時間は十七時から二十二時まで。十五人も入ればいっぱいになるほどの小さな店だが、色々な国を渡り歩いた兄が作る料理に魅せられ、常連になる人も多い。

あくまで夜の営業が主体だけれど、一か月ほど前からランチボックスの出張販売も始めて、こちらもなかなか好調だ。

紘基の世話があるので、夜シフトに入れない代わりに、ランチボックスの販売は私がメインで受け持っている。

メニューの発案から、材料の下準備に調理の補助、盛りつけ、そして販売。メインメニューの調理はプロの兄にお願いして、ご飯や副菜は私も作る。夜も忙しく働く兄の負担を最小限にして、お店の売り上げにも貢献できたらと思って始めたことだったけれど、だんだん売り上げも伸びていて、今はやりがいを感じている。

私の勤務は朝八時から。二時間遅れで兄が出勤してくる。目鼻立ちがはっきりしていて、背が高く体つきもいい兄は、一見怖く見られがちだが、実は妹思いの優しい人だ。……ずっと二人で、今日まで頑張ってきた。

両親が離婚したのは、私が高校生三年生に上がったばかりの頃。調理の専門学校を卒業した兄が、ホテルのレストランに勤め始めてちょうど一年が経過した時だった。

両親の中が冷め切っていることは、私達もとっくに気づいていた。それでも、離婚を告げられ、すでにお互い他に相手がいるとわかった時の衝撃は大きかった。

父か母、どちらかについていって、初めて会う人達と家族になるなんて、想像もできなかった。離婚が確定になり、引きこもりがちになった私を外に連れ出してくれたり、とびきり美味しいご飯を作って食べさせてくれたり。兄はいつも私を励まし、力になってくれた。

すでに独立していた兄が私を引き取ってくれ、なんとか大学へ通うことができた。

両親に学費の援助はしてもらったが、大学を卒業した途端、義務は終わったとばかりに疎遠になった。父も母も、新しい家族との生活を優先させたかったのだろう。今はもう、私の方から連絡を取ることもない。私には、兄とそして紘基がいる。

「お兄ちゃん、お疲れ様」

「おう」

「今日のメインはお弁当がきのこのハンバーグ、丼ものがキーマカレーだよ」

ハンバーグはグリルとソースの仕上げを残し、キーマカレーも最後に味を調えるだけにしてある。仕事の時は厳しい兄の下で手伝いながら、私も少しずつ腕を上げてきたつもりだ。

「弁当の方はいいけど、丼ものは彩りが足りないんじゃないか？」

「そう思って、サラダをつけるつもりなんだけど……」

「それじゃあんま儲け出ないだろ。キーマには素揚げにした野菜を添えて、サラダは別売りにするか」

「了解」

作業を分担して、お弁当を仕上げていく。一時間ほどで全ての作業が完了した。

「それじゃ、頼んだぞ」

「任せて」

お弁当を車に積み込み、兄に見送られて店を出た。

「ありがとうございました！」

私は最後のお客さんを見送って、深々と頭を下げた。

用意したお弁当は、計三十食。十二時の販売開始から十五分と経たないうちに全てを売り終えることができた。

オフィス街に隣接されたコンベンションセンターの屋台村で、お弁当の販売を始めて約一か月。手頃な価格できちんとボリュームも満足感もあるお弁当は好評で、確実にリピーターを獲得していると思う。

お世話になりっぱなしの兄に、少しは恩返しができているといいのだけれど。

「さてと、帰って夜の仕込み手伝わなきゃ」

店に戻り、夜営業の準備が整ったら、次は保育園に紘基を迎えに行く。今日は合間に家の買い物もすませなければならない。保育園でお昼寝をしてきても、ぼやぼやしているとご飯も食べず、お風呂も入らず紘基が寝てしまうこともあるから、帰宅してからの我が家は戦場のようになる。やはりお迎えの前に買い物をすませて帰るのがベストだろう。

ビストロ『カシェット』のロゴが入ったバンに荷物を積み込みながら、この後の予定を頭の中でなぞっていると、突然背後から声をかけられた。

「遥花、だよね？」

聞き覚えのある声がして、頭が真っ白になる。

まさか、そんなことあるわけない。今さら、また彼に会うなんて。

信じがたい気持ちで振り返ると、目の前に立っていたのは、千紘さんだった。

三年前、彼のお父さまである、アヴェニールホテルズの社長命令で、千紘さんはアメリカに渡り、経営困難となっていた系列ホテルの立て直しを行うと聞いていた。

私の想像も及ばないほど、アメリカでの三年間は厳しいものだったのだろう。少し甘さを感じさせる端正な顔立ちは変わらない。しかし、現在の千紘さんは記憶の中よりも精悍《せいかん》さが増し、体つきも以前よりたくましくなっていた。

「……遥花」

懐かしい声が、私の名を呼ぶ。それだけで、今さら胸がいっぱいになる。

もう一生会うこともないと思っていた人。……でも、ずっと忘れることができなかった人。三年ぶりに彼を目の前にして、そのことを嫌というほど思い知らされる。

「遥花、やっと会えた……」

驚きで大きく見開かれていた瞳が細められ、涙をこらえているように見える。私は彼から視線を逸らし、声を振り絞った。

「……人違いです」

踵を返し、運転席のドアを開ける。乗り込もうとする私の腕を、彼が掴んだ。

「ホテルを辞めて、どうしていなくなったんだ」

「だから、人違いですって」

「何言ってるんだ。俺が遥花を見間違えるわけがないだろ！」

怒気を含んだ声に、思わず体が竦んだ。

「悪い……」

怖がらせたと思ったのか、彼が力を緩めた。その隙に、私は彼の腕を振り払って運転席に乗り込んだ。閉めようとした車のドアを、彼が手で押さえる。

「頼む。少しでいいから、話がしたいんだ」

「私は……何も話すことはありません」

震える声で、それでもきっぱりと拒絶すると、彼の手が車のドアから滑り落ちた。

急いでドアを閉め、ゆっくりと車をスタートさせる。バックミラーを覗くと、彼は呆然とその場に立ち竦んでいた。

1

店の名義で借りている駐車場に車を停め、大きく息を吐く。掴まれた腕に、まだ感触が残っている。

三年ぶりに再会した彼、及川《おいかわ》千紘さんと私は、かつて将来を約束した恋人同士だった。そして彼こそが、紘基の父親だ。でも千紘さんは紘基の存在を知らない。

千紘さんと私は、以前働いていたホテル、アヴェニール東京で出会った。

入社後の研修を終えて、私が配属されたのは宿泊部フロント課。

お客様をホテルにお迎えし、宿泊中のケアやハウスキーピング、お見送りまでの業務を担う宿泊部門は、いわばホテルの顔。接客のたびに緊張してガチガチになる私を気にかけ、声をかけてくれたのがフロント課チーフの千紘さんだった。

入社して初めての五月の連休。フロントには、チェックインの三十分前からお客様が並び始めた。元々あがり症の私は、お客様を前にするといまだに緊張してしまっていた。頭に血が上った状態のまま、必死に対応をしていく。

「日野、いったん深呼吸しようか。そんなに緊張しなくて大丈夫だから」

そんな私を見かねたのか、隣でチェックイン業務をしていた千紘さんが声をかけてくれた。

「ほら、力抜いて」

「は、はいっ！」

肩を優しく叩かれ、緊張で体がガチガチになっていたことに気がついた。

「日野はちゃんとやれてるから安心して。もうちょっと頑張れば一段落するから」

「……ありがとうございます」

それが、千紘さんとの初めての会話だった。

「ねえねえ、遥花さっき及川チーフと話してたよね。仲いいの？」

その日の業務をなんとか終えて更衣室で着替えていると、同期の中本《なかもと》美咲《みさき》から話しかけられた。千紘さんと話しているのをどこからか見ていたらしい。

「ううん、話したのも初めて。あんまり私が緊張してるから、見かねて声をかけてくれたんじゃないかな」

「そうなんだ。及川チーフ優しいよね。かっこいいし、すっごくもてるんだって」

確かに千紘さんは、目を引く容姿をしていた。すらっとしていて背が高く、顔も整っていてぱっと見モデルのようだ。丁寧な仕事ぶりでファンも多く、彼のサービスを受けたいがために、毎月のように予約を入れてきた海外のセレブもいたそうだ。

美咲の情報によると、彼はアヴェニールホテルズの御曹司なのだという。

しかも後継者という位置付けでありながら、一般社員として入社した。

いずれ会社を継ぐ身であるからこそ、きちんと現場を知っておきたい。経験を積んだ上で、経営に携わりたいというのが、千紘さんの希望だったそうだ。

入社一か月の私にとって、彼はまさに雲の上の存在だった。

アヴェニールホテルズには、新入社員教育の一環で『パートナー制度』というものがある。入社から一年間、新入社員は自分のパートナーとなった先輩社員と行動を共にし、直接指導を受けながらひとり立ちを目指すというものだ。

上司から、千紘さんが私の指導役になったと聞かされた時は驚いた。

私は、同僚達から羨ましがられながら、千紘さんの元でホテルの仕事について一から学んだ。

千紘さんは気さくで面倒見がよく、誰よりも仕事熱心な先輩だった。後継者として様々な部署を経験してきただけあって、幅広い業務に精通していた。

フロント課に配属されて間もない頃、チェックアウトの際に、自分の担当外である宿泊フロアに関するクレームを言われ、対応に困って言葉に詰まってしまったことがあった。

「お客様、大変申し訳ございません」

その時間に入ってくれたのも、隣のブースにいた千紘さんだった。

「俺が代わるから、日野はこちらの業務頼めるか」

お客様をお待たせしないよう即座に私と入れ替わり、フロア担当のスタッフと連絡を取って、お客様がホテルを出る前までに解決していた。

「迷ったけれど、思い切ってここで言ってみてよかったよ。せっかくの旅行が、嫌な思い出のまま終わるところだった。また利用させてもらうよ」

「ありがとうございます。またのお越しをお待ちしております」

ホテルを出る頃には、お客様の表情も晴れ晴れとしたものに変わっていた。

「日野、フロントはお客様が来館後真っ先に訪れて、最後に接するホテルの印象を決定づける場所だ。お客様に何か聞かれても、自分の担当ではないから知らない、わからないではすまないんだよ」

千紘さんからは、目の前の業務をこなすことに精一杯で、全体の流れを見渡せていないこと、お客様の視線に立って行動ができていないことを叱責された。落ち込んだけれど、入社して早い時期に自分の甘さに気づけたことは、私にとって大きなことだったと思う。そして千紘さんは、こんなことも教えてくれた。

「クレームを言われたからって落ち込むことはないよ。ちゃんとお客様が満足する対応ができれば、ホテルのファンになってもらうことだってできるんだ」

その光景を、まさに目の前で見せられたのだ。納得しないわけにはいかなかった。

職場の誰からも慕われる、心から尊敬できる人。私は千紘さんに教わりながら、たくさんのことを吸収した。

――彼の人となりや仕事ぶりを間近で見ていて、好きになるなと言われる方が無理だった。

私の気持ちを伝えても、きっとこの想いが叶うはずはない。どう断れば私を傷つけずにすむかと、優しい千紘さんを悩ませるだけ。そうわかっているのに、想いを止めることはできなかった。

転機が訪れたのは、一年後。料飲部への異動が決まったことだ。

料飲部とは、ホテルやホテル内のレストランを利用するお客様に、料理や飲料を提供する部署のことだ。料飲部では、主にレセプショニスト、ウェイター、バーテンダー、ルームサービスの四つの業務を担当する。私は四月から、ホテルアヴェニール東京本館の三階にあるフレンチレストラン『キャトルセゾン』で、ウェイターとして勤務することになった。

少なくとも三年、あるいはもっと。十分に経験を積むまでは今の場所にいられるだろうと高を括っていた。

でもそれは私の勝手な思い込みにすぎなかった。会社にだって都合がある。千紘さんの元を離れなければならないと知って、私はひどく落ち込んだ。

しかし、このまま今の部署にいられたとしても、今までのように千紘さんの元で働けるわけではないとわかった。彼は宿泊部門の中でも、会社にプロフェッショナルの認定を受けた人のみが配属される、ＶＩＰ接遇に特化したセクションに移ることになったのだ。

彼の昇進を特別扱いだと言う人は、一人もいなかった。周囲も納得の人事だし、むしろ遅すぎるくらいだと、誰もが言っていた。

仕事上のパートナーとして、一年間誰よりも近くにいて指導してくれた千紘さんの昇進を誇らしく思うと同時に、ただでさえ手の届かない人である千紘さんが、ますます遠い存在になるようで悲しかった。

異動が近づくにつれ、私はせめて気持ちだけでも伝えたいと思うようになった。告白をして一つ区切りをつければ、すっきりとした気持ちで次のステップへと歩み出せるんじゃないかと思ったのだ。年度末に行われる送別会で、言うことに決めた。

仕事柄、部署の全員が一堂に会して飲み会を行うのは難しい。その日は千紘さんも遅番で、会える可能性は低いとわかった。

せっかく決心したのに、告白する機会すら私には与えられない。きっと私と千紘さんは、そういう運命なんだ。この一年が神様からの贈り物だったのだ、そう思って諦めようとした。

会場の入り口付近からわっと歓声が上がったのは、そろそろ会もお開きになろうかという頃だった。

「ちょっと、遥花あっち見て！」

美咲に言われて顔を上げると、少し息を弾ませた様子の千紘さんが、こちらに歩いてくるところだった。

「遅くなって悪い。間に合った？」

「ぎりぎりセーフっすよ、及川さん！」

「チーフ、こっち来て一緒に飲みましょうよ」

千紘さんはやっぱりみんなから人気で、彼と一緒に飲みたい人で囲まれている。

「あ～、今日くらい一緒に飲みたかったなぁ。遥花もそうでしょ？」

「えっ、どうして？」

美咲には、私の気持ちは話していない。何も知らないはずの同僚からそんなことを言われ、心臓が音を立てる。

「どうしてって、お世話になったトレーナーじゃない。遥花はもう異動なんだし、最後にちゃんと挨拶しておきたいって思ってるでしょ」

「うっ、うん。そうだね」

『最後』という言葉が、重くのしかかる。同じ宿泊部門にいるならともかく、違う部署に行ってしまえば、話すことはおろか、姿を見ることさえ滅多になくなるだろう。

（いつの間に、こんなに好きになってたんだろう。私はちゃんと忘れられるのかな……）

頭の中に広がった不安をかき消したくて、グラスを傾ける。長く置いていたせいでぬるくなったビールは苦くてまずくて、もうこれ以上飲めそうになかった。

送別会が終わって会場を出ても、千紘さんはたくさんの人に囲まれている。よく見ると、宿泊部以外の女性陣の姿も見える。きっとみんな千紘さんと少しでも話したくて、なんとか伝手を頼って参加しているのだろう。

夜風に吹かれてぼうっと眺めていると、二次会の話で盛り上がっているのが聞こえてきた。

「遥花も行くでしょ、二次会。カラオケになりそうだよ」

「明日は日勤なの。朝が早いから今日はやめておくね。気にしないで楽しんできて」

まだまだ飲み足りなさそうな美咲を見送り、最寄りの地下鉄の駅へと向かう。

結局最後まで、私は千紘さんと話すことはできなかった。

駅に向かう階段を下りようとしたところで、着信が入った。スマホの画面を見て目を見開く。着信は、千紘さんからだった。

「もしもし……」

『日野、今どこにいる?』

「地下鉄の入り口です。コーヒーショップ前の」

『わかった。ちょっとそこで待ってて』

突然の電話に半ば呆然としながら、お店の前で待つ。いったいどうしたんだろう。仕事のことで、何か言い忘れたことでもあったんだろうか。でもそれなら、さっきの電話かメッセージのやりとりでいいはず……。

訳がわからずぐるぐる考えていたけれど、ふっとある考えがよぎる。

今なら、千紘さんと二人きり。……諦めていた告白ができる。

思ってもみないチャンスに、急に心臓が高鳴り始めた。

いざその時がやってくると、怖気《おじけ》づいてしまう。このまま私が気持ちを伝えずにいれば、ただの先輩後輩としてこの先もやっていけば、きっと今まで通りに千紘さんに接してもらえる。

(でも、本当にそれでいいの？　今の関係を失うことを怖がって告白を諦めて、私は後悔しない？)

「日野！」

迷う私の元に、息を弾ませながら千紘さんが走ってきた。私を待たせまいと、わざわざ走ってきてくれたのだ。彼の優しさをまた目の当たりにして、好きな気持ちが溢れ出す。

やっぱり、ちゃんと気持ちを伝えよう。覚悟を決め、千紘さんに声をかけた。

「及川チーフ、お疲れ様です」

「ごめんな、帰ろうとしてたとこなのに」

「電車ならまだあるから大丈夫です。及川チーフ、二次会に行ったんじゃなかったんですか？」

「いや、断ったよ。俺にはまだやらなきゃいけないことがあるから」

「なんですか、やらなきゃいけないことって」

私が聞くと、千紘さんはただ優しく微笑んでみせた。お客様に見せる綺麗な営業スマイルとは違う、少し砕けた表情に胸の動悸が激しくなる。

「そんなに時間取らせないから、少しだけ付き合ってもらってもいいかな？」

「はい……、大丈夫です」

「よかった。ここじゃなんだから、場所を変えようか」

千紘さんが向かったのは、路地裏の地下にあるバーだった。中央に大きな柱があり、その周りをぐるりと取り囲むように楕円形のテーブルが設置してある、少し変わった内装のお店だ。平日の、そこまで遅くない時間のせいか、数組のお客さんがいるくらいで店内は適度に空《す》いていた。

「おっ、珍しいな。いらっしゃい」

「久しぶり。奥のテーブル席使わせてもらっていい？」

マスターと千紘さんは顔見知りらしく、親しげに挨拶を交わしている。案内されたテーブル席に、千紘さんと向かい合わせて腰掛けた。

「ご注文は？」

「俺はビール。日野は？」

一次会でもたくさん飲まされていたのに、千紘さんはまだ飲めるみたいだ。うすうす感じていたけれど、彼はかなりお酒に強い。

「お酒はもう入らないので、ソフトドリンクでもいいですか」

「うちはフレッシュフルーツを使ったドリンクが得意なんですけど、いかがです？」

マスターに言われて周囲を見回すと、女性はショートやロングのグラスに入ったカラフルなドリンクを飲んでいる人が多い。どれも美味しそうだ。

「それじゃ、お任せでお願いします」

「かしこまりました」

そう長く待たずに、二人分のドリンクがやってきた。千紘さんとグラスを合わせて乾杯する。

マスターが私に作ってくれたのは、さっぱりと甘い桃のジュースだ。細かい氷の粒が入っていて、お酒と緊張で火照った体をクールダウンしてくれる。

千紘さんは半分ほど一気に呷《あお》ると、ビールのグラスを置いた。

「及川チーフ、一年間本当にありがとうございました」

グラスを置いて、頭を下げる。

「……寂しくなるな」

「えっ？」

返ってきたのは、少し意外な言葉だった。千紘さんのことだから、きっと励ましの言葉をくれると思っていた。それが、こんなふうに思ってもらえるなんて。

「私も寂しいし、本当は不安です。及川チーフと一緒だったのに、今度は新しい場所で一人でやっていかなくちゃならないなんて」

異動すれば、新しい業務を一から覚えることからやり直し。自分のことだけでも精一杯なのに、あと数日すれば新入社員も入ってくる。きっと同時に、後輩の指導もしなければならないだろう。

今まで以上にハードになるだろう毎日を、うまくこなしていけるのか。考えれば考えるほど不安になる。

「でも、一日でも早く一人前になれるよう頑張ります。トレーナーだった及川チーフに恥をかかせるようなことはしません！」

新しい部署で私がいつまでもへマばかりしていたら、一年間在籍していたフロント課やトレーナーだった千紘さんの評価を下げることになりかねない。

今までお世話になってきた先輩方のためにも、いつまでもくよくよ思い悩んでいるわけにはいかないのだ。

力強く言い切った私を見て、千紘さんは優しく微笑んだ。

「日野ならどこに行っても大丈夫だよ。ちょっと緊張しやすいところはあるけど案外タフだし、打てば響くっていうか、飲み込みも早くて教え甲斐があるし。何よりいつも一生懸命だし」

「それしか取り柄ないですから」

『何事にも全力、一生懸命がモットーです。よろしくお願いします！』

就職面接の時も、フロント課に配属されて初めて挨拶をした時も、こう言った。私は器用でもなければ、要領がいいわけでもない。いつでも、どんな仕事でも全力で真剣に取り組むことでしか、カバーできないと思っているから……。

「……実は俺の方が励まされてた」

千紘さんと、視線がかち合う。何が、とははっきり言えない。私を見つめる瞳が、これまでとは違うような気がして戸惑ってしまう。

「日野は一人でも立派にやっていける子だけど、絶対に一人にはしないよ。異動しても、俺を頼ってよ」

「でも、いつまでも及川チーフに頼るわけには……」

千紘さんを頼りたい気持ちもあるけれど、それ以上に、私は一日でも早く一人前のホテリエになりたいのだ。たとえ住む世界の違う人でも、せめて仕事では千紘さんに認められたい。

こんなことを言ったら、呆れられはしないだろうか。言い淀む私を見て、千紘さんはふっと微笑んだ。

「日野って、仕事ではしっかりしてるのに、わりと鈍いとこあるよな」

「えっ、私ですか？」

そんなふうに思われていたなんて、ちょっとショックだ。

「何かやりましたか、私」

「そうじゃなくて……。わかった、ストレートに言うよ。やらなきゃならないことがあるって言ったろ。俺は、日野に告白をしに来たんだ」

「……えっ？」

驚いて目を丸くする私を見て、千紘さんがくすりと笑う。そしてまた、口を開いた。

「日野のことが好きだ。これからは先輩後輩じゃなく、恋人になってほしい」

……私は、夢を見ているんじゃないだろうか。大好きな人に告白されているなんて。

突然のことに言葉を失っている私を、千紘さんが不安げな眼差しで見つめている。

彼のこんな表情を見るのは初めてだった。

千紘さんも、気持ちを伝えるために勇気を出してくれたんだ。私も返さなきゃ……。

「私も、及川チーフのことがずっと好きでした。こんな私でもよかったら、恋人にしてください」

「……よかった」

震える声で、なんとか最後まで言い切った私を見て、千紘さんはほっとした顔で微笑んだ。

それからの毎日は、夢の中にいるのではないかと思うほど幸せだった。

自分も忙しいのに、千紘さんはこまめに連絡をくれ、会う時間を作ってくれた。いいことがあった時も、仕事で落ち込んだ時も、彼はそばにいてくれ、私を大事にしてくれた。

周囲に、この関係は秘密にしたいと言ったのは私だ。千紘さんファンの視線が怖いということもあったけれど、堂々と職場恋愛をしていると公言するのは憚られた。ホテルの業務はチームワークが物を言う。しかも千紘さんは、ゆくゆくはこのホテルグループを継ぐ立場にある。私達の交際を公にすることで、変に気を遣わせたり、反感を買うこともあるかもしれない。波風を立てるようなことは避けたいと、私の方からお願いしたのだ。

「どうしても秘密にしないとだめかな？　俺は今すぐにでもみんなに言って回りたいくらいなのに」

「ホテルの後継者である千紘さんに恋人ができたって知れたら、絶対に騒ぎになります。……千紘さんの仕事がやりにくくなるようなことは避けたいんです」

「……仕方がない。遥花の言う通りにするよ」

ほんのちょっとだけ不服そうな表情を見せたけれど、結局千紘さんも了承してくれた。

異動先の『キャトルセゾン』での仕事は、なにもかも初めてだらけで大変だった。

ただ料理や飲み物を配るだけが、ウェイターの仕事ではない。提供する料理の素材に関すること、調理の方法や味付け、料理に適した飲み物はどれかなど、覚えなくてはならないことは山ほどある。

それに、一皿ずつはそうではなくても、一度に料理もドリンクも運ぶとなれば、なかなかの重量になる。お客様をお待たせしないように素早く立ち回らなくてはならないし、料理の提供や食器類の回収のタイミングも難しい。

頭も体も常にフル回転で、気が休まる暇もない。異動したての頃は、前日の疲労を引きずったまま勤務に出てしまい、失敗をしてはお客様に怒られるということも何度かあった。

料飲部にもいた経験のある千紘さんは、私の大変さを理解してくれていて、いつも気にかけていてくれた。

千紘さんが配属されたVIPセクションは、お客様の要望に二十四時間体制で対応している。私以上に忙しいであろう彼に気を遣うあまり、私はなかなか自分から彼に連絡をすることができなかった。

『前に一緒に行ったあの店、リニューアルオープンしたみたいなんだ。水曜の夜に一緒に行かないか？』

メッセージをくれるのは、いつも千紘さんから。会いたいと思っていても、言い出せない私の性格をわかっている彼は、時間を捻出《ねんしゅつ》して、会う時間を作ってくれた。

「このまま遥花を帰したくないな。俺の部屋に来ないか。明日休みだろう？」

食事を終えた後、離れがたいと思っている私の心を読むように、千紘さんは決まってそう口にした。

「明日休みってどうして知ってるんですか？」

「さあ、どうしてだろうね」

なんて言って意味ありげに笑っていたけれど、あれは御曹司としての特権を行使していたんだと思う。そういうちょっと強引なところも、彼に愛されていると感じられて私は胸をときめかせていた。

部屋に行けば一晩中離してもらえず、ようやく眠りにつくのは、空が白む頃。目を覚ませば彼はすでに出勤した後で、千紘さんのタフさに毎回驚く羽目になる。

私のために無理をさせて申し訳ないと謝ると、「遥花と会って充電させてもらってるのは俺の方。どうして謝るの？」と真顔で返された。

付き合っていく中で、千紘さんはホテル経営への熱い思いも聞かせてくれた。

アヴェニールホテルズの前進である『及川観光株式会社』は、海外から多くの訪日客が見込まれた東京オリンピック開催を機に設立された。

千紘さんのおじいさまが初代代表取締役社長を務め、二代目のお父さまにバトンタッチした後は、株式会社アヴェニールホテルズに会社名を変更。東京以外にも、国内の主要五都市に直営ホテルを開業し、他にも多くのグループホテルや旅館を所有し、海外でも事業を展開している。

アヴェニールホテルズの中でも私達が勤務するアヴェニール東京は、国内五大ホテルのうちの一つと言われ、世界的に権威のあるトラベルガイドのランキングでも常に五つ星を獲得している。

「過去を振り返ってみても、やはり父の功績は大きい。でもこれからの時代、父と同じやり方を続けていてはだめだと思うんだ」

アヴェニールホテルズもずっと右肩上がりで来たわけではない。時には経営状態が厳しくなり、そのしわ寄せが従業員に行ったこともあるようだった。

「ただでさえホテル業界は過酷で、離職者も多い。もちろんお客様が第一だけれど、会社のために頑張ってくれている従業員をもっと大切にしないと、いいサービスは生まれない。働いているみんなにも、アヴェニールホテルズをもっと好きになってほしいんだ」

初めから経営に携わるのではなく、従業員として現場に出ることを望んだのも、私達のニーズを把握するためという目的もあったそうだ。

「遥花にも、うちのホテルで働いていることを誇りに思ってもらえたらと思っているよ」

「私もみんなもそう思って働いていますよ」

「でももっともっと会社はよくできる。父は会社を外へ外へと大きくしたから、俺は内側もよりよくしていきたいと思ってる」

千紘さんは、私達従業員の心の充実が、評価されるホテル作りへの第一歩だと確信している。彼はきっと、素晴らしい経営者になるだろう。

千紘さんはいよいよ現場を離れ、ホテルの経営部門へと移っていった。近いうちに役職が与えられ、経営陣の一人として経験を積みながら、後継ぎの準備に入るだろうと社内でも噂されていた。

仕事も恋愛も、全てがうまくいっていた。千紘さんと、この先もずっと一緒にいられる。そう信じきっていた。

付き合って二年目のクリスマス、私の二十五歳の誕生日に、千紘さんがプロポーズをしてくれた。私も、迷うことなく頷いた。年が明けたら、少しずつ結婚に向けて動き出そうと二人で決めたのだ。

私は海外に修業に出ている兄に、千紘さんはご家族に、それぞれ結婚のことを報告することにした。

兄が滞在しているフランスとの時差は七時間。いつもより少し早く起きて、仕事を終えた兄が帰宅し、一息ついているだろう時間めがけて電話をかけた。

久しぶりに妹から国際電話がかかったと思ったら、「実は、結婚したい人がいるの」なんて言われて驚いたのだろう。受話器の向こうで、兄が息を呑んだ気配がした。

『それで……相手はどんなやつなんだ』

「実はね……」

私と千紘さんの出会いから今までをかいつまんで話して聞かせる。数秒静寂が続き、兄が再び口を開いた。

『相手はホテルの後継ぎってことだろ？　そんな家に嫁いで、遥花は本当に大丈夫なのか』

兄が心配するのも当然だ。初めは私も、千紘さんとでは住む世界が違うと、想いを伝えることすら諦めようとしていた。

でも彼は、この二年間で私達の距離を縮めてくれた。私自身、彼に相応しい人間であろうと、仕事を頑張ることはもちろん、千紘さんから業界の話を聞いて勉強をしたり、英語以外の語学の習得にも努めたりと、自分なりに努力をしてきた。

「うん、彼がいてくれたら、きっと大丈夫」

二人でいれば、どんなことも乗り越えていける。そう言い切れるくらい、この二年間で二人の絆は強くなったと感じている。

「そうか……。よかったな、遥花」

両親のことがあったから、私が結婚に希望を見出してないのではないかと心配していたらしい。兄は心から祝福してくれた。

『実は俺もそろそろ日本に帰ろうと思ってたんだ』

「えっ、本当?」

『ああ。実はこっちで知り合った人が援助を申し出てくれてさ』

兄の夢は、自分の店を持つことだ。そのために、私の就職を見届けて勤めていたホテルのレストランを辞め、海外を回って料理の腕を磨く旅に出た。

『一年もしないうちに日本に戻るよ』

「帰ってきたら紹介するね。きっと気に入ってくれると思う」

『ああ、楽しみにしてるよ』

進展があったらまた知らせることを約束して、私は電話を切った。

兄が千紘さんとの結婚を認めてくれた。このことをすぐにでも伝えたかった私は、千紘さんに連絡を取った。できることなら、直接顔を見て報告したい。千紘さんもちょうどこの日は夜の予定がなく、終業後に彼が住むマンションで落ち合うことになった。

「安心したよ。お兄さんが祝福してくれて」

「千紘さんはどうでした?」

「……それが、父が忙しいみたいでまだ話ができていないんだ」

「そうなんですか」

千紘さんの家は、うちのような一般家庭とは違う。親子が会うにしても、そう簡単にはいかないのかもしれない。

「話ができたら、すぐ遥花にも報告するよ。もう少しだけ待っていてくれ」

「もちろんです」

その後は、仕事のことや共通の知人の話をしたが、なんとなく千紘さんは上の空だったような気がした。

新年を迎え、年末年始の繁忙期が落ち着いた頃、私は再び千紘さんの部屋に呼び出された。

「遥花との結婚、実は父に反対されてる」

「そうなんですか……」

告げられた言葉に、私は大きなショックを受けた。私と千紘さんでは、生まれ育った環境が違う。ひょっとしたら反対されることもあるかもしれないとは思っていたけれど、どこか楽観視していた自分もいた。

結婚は、当人同士だけの問題ではない。千紘さんの場合、いざ結婚するとなれば、家族のことだけでなく会社のことも考えなければいけないのだろう。

「不安にさせてごめん。父のことは必ず説得するから、信じて待っていてくれないか」

落ち込む私を、腕の中に閉じ込める。力強く抱きしめられ、彼の体温に包まれて、こわばった心が少しずつほぐれていく。

「もちろん待ちます。いくらでも」

「ありがとう。俺には遥花しかいないよ」

「私もです。一生一緒にいたいのは、千紘さんだけ」

その気持ちに、嘘はない。私達はこんなに固く結ばれている。だからきっと大丈夫。千紘さんのご家族にも、いつか理解してもらえるはず。

この時の私は、まだ二人の未来は明るいと信じていた。


二月に入り、街はバレンタイン一色。私が勤務している『キャトルセゾン』でもバレンタインディナーが始まり、平日週末を問わずカップルのお客様が増えている。

「十日十九時に二名でご予約の田中《たなか》様、ディナー終わりにプロポーズを考えていらっしゃるそうなの。夜景の見えるお席を押さえておいて。お花のご用意も忘れずにね。

日野さんセッティング頼める？」

「かしこまりました」

業務開始前の打ち合わせ中、白木《しらき》チーフからの指示が下る。

同じ料飲部の白木美弦《みつる》チーフは、少し垂れたセクシーな目元がチャームポイント。女性らしい見た目に反して、竹を割ったような性格で頼りがいがあり、男女を問わず人気がある。彼女の胸元にはソムリエの証である金の葡萄《ぶどう》のバッジが輝いている。私がワインの勉強を本格的に始めるきっかけになった、憧れの先輩だ。

今回の予約を入れたのは男性側で、こういう時、バレンタインは最早《もはや》女性メインのイベントではないのだなと実感する。

それと同時に、ぴりっとした胸の痛みも感じる。私と千紘さんの結婚話に、いまだ進展はない。でもすぐに、自分のこととは切り離して考えなくちゃと思い直す。人生の重大な場面に、『キャトルセゾン』を選んでくださったのだ。お客様の期待に応えたい。

「プロポーズ、絶対に成功させましょうね！」

「期待してるわよ」

白木チーフに背中を押され、私は張り切って仕事に向かった。

千紘さんとはタイミングが合わず、バレンタイン当日にチョコレートを渡すことはできなかった。時間をやりくりして、会う約束ができたのは二日後。千紘さんから告白されて以来、二人でたびたび通うようになっていたバーで待ち合わせをした。

「千紘さん、これよかったら」

「嬉しいよ、ありがとう」

彼に渡したのは、『キャトルセゾン』のスーシェフに作り方を教わった洋酒入りのトリュフ。甘いものもお酒もいける彼だけれど、今回は大人の味に振り切った。一緒に渡したキーケースも、とても喜んでくれた。

「大事に使わせてもらうよ」

嬉しそうに微笑んだ顔に、わずかに陰りが見えた。

「千紘さん、何かありました?」

驚いた顔を見せると、「さすが、遥花は鋭いな」と困ったように微笑んだ。

「俺達の結婚の話だ」

彼から結婚の話をされるのは、ほぼ一か月ぶりだ。進展があったのか気になってはいたけれど、私からも聞くに聞けずにいた。

「えっ、アメリカですか?」

「……ああ、そうなんだ」

聞かされたのは、衝撃的な内容だった。社長から、私との結婚を認める代わりにアメリカに渡り、経営状況が思わしくないグループホテルの立て直しをするよう命じられたのだという。期間は、三年。

「行くんですか、アメリカ」

「遥花との未来のためだ。行くしかないと思っている。それに、アメリカから戻ったら俺を副社長として正式に迎え入れると言われたよ」

プロポーズの喜びから一転、地獄に突き落とされたかのようだ。でも、二人の結婚を認められなかったわけではない。千紘さんが向こうへ渡って、ホテルの経営が回復したら、千紘さんは後継ぎとして経営に携わることになるし、その後は一生一緒にいられるのだ。

本当は、体を引き裂かれるかのようにつらい。でも千紘さんが決めた以上、私は引き留めるのではなく、快く送り出すべきだと思った。

「遥花、待っててくれるね」

「もちろんです。私も日本で頑張りますね」

私は、彼との未来を信じて頷いた。

千紘さんの出発は、三月末に決まった。

それからの日々はあっという間に過ぎ去り、出発の前日。千紘さんの計らいで、出発ぎりぎりの時間まで二人きりで過ごせることになった。

千紘さんが手配してくれたのは、アヴェニールホテルズとはまったく関係のない他社のホテル。系列のホテルでは誰に見られているかわからない。お互い落ち着かないからというのがその理由だった。

私の仕事終わりに勤務先の近くで待ち合わせて、タクシーでホテルに向かう。一泊分の荷物を詰めたボストンバッグをトランクに入れてもらう時に、先に入れてあった大きなスーツケースを見て、胸が締めつけられた。

タクシーの中では、二人ともあまりしゃべらなかった。私の場合は、しゃべれなかったというのが正しい。

この夜が終われば、千紘さんは旅立ってしまう。その事実が大きな実感を持って押し寄せてくる。気を抜くと涙がこぼれてしまいそうで、私はずっと車窓から流れる景色を見ていた。

ホテルまであと数分というところで、座席の上に力なく置いていた左手に、何かが触れた。

「千紘さん」

「外ばかり見てないでよ」

「……ごめんなさい」

揶揄《からか》ったつもりだったのか、謝る私を千紘さんが小さく笑う。

「遥花……」

寂しさが表情に出ていたのだろう。振り返った私を見て、彼はすぐに唇を引き結んだ。

触れるだけだった彼の長い指が私の指先を絡めとり、しっかりと握る。付き合い始めたばかりの頃は、彼と触れ合うだけで心臓が破れてしまいそうだったのに、この温もりにすっかり馴染んでしまった。

私は本当に、この先の三年間を彼なしで過ごしていけるのだろうか。

……千紘さんは、私が側にいなくても平気なのだろうか。

繊細で美しい料理がテーブルに並べられている。きっと味も申し分ないのだろう。でも今は料理を味わう余裕がない。降り積もった寂しさが、今にも決壊しそうだった。

とても喉を通りそうもないけれど、料理を残すわけにもいかない。少しずつ口に含んでみるけれど、あまり味もわからない。小さく切った肉のかけらを、ワインで無理やり流し込んだ。

「口に合わない？」

食が進まないのを、千紘さんも気がついたのだろう。申し訳なさそうな顔で尋ねてくる。

「ごめんなさい、違うんです。そうじゃなくて……」

小さく首を振る私に、千紘さんは切なげな視線を送る。そんな顔をさせたくないし、私も笑顔で彼を送り出したいのに。

「……寂しいの。本当は離れたくない」

我慢できず言葉が溢れ出た途端、激しい後悔に襲われた。

彼がアメリカ行きを決めたのは、私のためなのに。出発前夜になってこんなことを言い出すなんて、彼を困らせるだけだ。

申し訳なくて俯いていると、突然、彼が席を立つ気配がして顔を上げた。

「千紘さん？」

「もう出ようか」

「でも、まだ食事の途中で……」

せっかく用意してくれた場なのに、私がこんなふうだから怒らせてしまったのだろうか。慌てて立ち上がった私の手を、千紘さんがきゅっと握りしめた。

「部屋に帰ろう、遥花。俺達に今必要なのは食事じゃない」

小声で囁かれ、体がかっと熱くなる。私も、同じ気持ちだった。

テーブルに隔てられ、ただ向かい合っているよりも、今すぐ彼と触れ合いたい。

千紘さんはウェイターを呼び、手早くチェックをすますと、私の手を引き、レストランを後にした。

部屋のドアが閉まりきる前に、腕の中に引き寄せられた。息つく間もなく唇を貪られる。

「ま、待って千紘さ……」

「無理だ。今すぐ君が欲しい」

普段は冷静な千紘さんが、余裕をなくしている。熱を帯びた瞳を向けられ、体温が上がる。

そのままもつれるようにベッドに倒れ込んだ。

「千紘さん……」

「遥花」

お互いに、何度も何度も名前を呼び合う。指先で輪郭をなぞり、彼の全てをこの目に焼きつける。離れても、あなたを忘れてしまわないように。すぐに思い出せるように。

渡米した後は、ホテルを立て直すまで日本の土は踏ませないと社長に言われたそうだ。千紘さんは、相当の覚悟を持ってこの話を受けたのだ。二人の、未来のために。

「お願いです。もう……」

両手を伸ばし、彼を乞うた。

千紘さんの顔が切なげに歪む。すでに柔らかく溶けてしまっていた私の体を押し開くと、彼は私の奥深くまで一気に体を沈めた。

ようやく一つになれたことが、嬉しくてたまらない。眉間に刻まれた皺も、頬を伝う汗も、漏れ出る吐息も。全てが愛しい。押し寄せる圧を、甘い吐息でなんとか逃す。

「ち、千紘さ……」

まだ動いてもいないのに、彼がいるだけで苦しい。でも苦しさのその先に、私の体の中から徐々に広がる熱がある。それだけで達しようとする体に驚いて、思わず体をよじった。

「逃がさないよ」

「ああっ！」

獲物を狙う獣のようなどう猛な視線で私を射すくめると、彼は激しく動き始めた。

あっという間に、限界まで私を追い詰めてしまう。

とうとう登り詰めて震える私を、彼がぎゅっと抱きしめる。ずっとこの腕の中にいられたらいいのに。朦朧《もうろう》とする意識の中で、叶わないと知りながら願う。

何度体を重ねても、離れがたくて。私達は、嵐のように抱き合った。力が尽き、指一本も動かせなくなるまで。


どれくらい時間が経ったのだろう。辺りはまだ暗く、フットライトが淡く室内を照らしている。

薄暗がりの中で目を開けると、彼は私を見つめていた。

「……千紘さん？」

嬌声を上げ続けたせいで、発した声はざらついていた。

「行かないで」

なぜかベッドを抜け出そうとする千紘さんに、力なく腕を伸ばす。

「どこにも行かないよ。水を持ってくるだけだ」

私は頷くと、ゆっくりと体を起こしベッドの背に凭《もた》れかかった。

「遥花、これ飲んで」

きんと冷えたミネラルウォーターのボトルを渡される。受け取ったボトルを開けようとして、気がついた。

「いつの間に……」

「遥花、ぐっすり寝てたから」

左手の薬指に、見たことのない指輪がはめられている。アメリカ行きが決まってからの千紘さんは、ありえないほどの激務だったのに。いつの間にこんなものを用意していたんだろう。

「……嬉しいです。本当に」

「うん、よく似合ってる」

ベッドに上り、私の隣に滑り込むと、千紘さんは私の左手に自分の手を重ねた。指の隙間に、彼の指が入り込む。口元に引き寄せると、薬指にキスをした。

「仕事中もずっとつけておいてって言いたいところだけど……」

「むっ、無理ですよ」

「わかってる。仕事の時は無理でも、休みの日はつけてて。私には婚約者がいますよって、見せびらかしながら歩いて。悪い虫がついたらいけないから」

「お休みの日はつけますけど、悪い虫なんてつきませんよ」

「そんなことない。遥花を狙ってるやつはたくさんいる」

「私のこと、買いかぶりすぎです」

くすくす笑う私の髪を、千紘さんがすくう。触れる手に、見つめる瞳に、千紘さんの想いが痛いほど込められている。愛しさが込み上げて、彼の手を頬に引き寄せた。

「アヴェニールホテルで働きながら、千紘さんのこと待ってますね」

「……ああ。俺も、必ず迎えに行く」

永遠に離れ離れになるわけじゃない。三年なんてきっとすぐ。そう何度も自分に言い聞かせて、私は涙をこらえた。


千紘さんがアメリカへ旅立って、ひと月半。

自宅でPCに向かっていると、スマホが鳴った。

『おはよう。こっちはよく晴れてる。そろそろ日本食が恋しいよ』

千紘さんからのメッセージだ。彼も気を遣ってくれているのか、メッセージのやりとりは東京にいた頃より頻繁にしている。一方、電話やビデオ通話はというと、お互いに仕事が忙しい上に、時差という新たな壁ができてしまい、なかなかタイミングが合わない。

彼のいるLAと日本との時差は十六時間。今日の朝食だろうか、フルーツがたっぷり入ったグラノーラとグリークヨーグルトの写真が添えられている。

一方、私のいる東京は、そろそろ日付を跨ごうとしている。スマホでのやりとり一つでも二人の距離を感じて、また寂しくなってしまう。

「なんて、暗くなってる場合じゃない！」

寂しいなんて、甘えたことを思っていてはだめ。千紘さんは、海の向こうで一人で頑張っているのだから。彼に余計な心配をかけたくはない。

『お疲れ様です。私は今日の勤務を終えて、家でワインエキスパート試験の勉強をしてました。覚えることがたくさんで、目が回りそうです！』

気分を切り替えて、メッセージを送る。すぐに返事がきた。

『新婚旅行はフランスでワイナリー巡りでもいいな。遥花と一緒なら百倍楽しめそうだ』

『気が早いですよ（笑）。お仕事頑張ってくださいね』

『ありがとう、行ってくる。遥花も勉強頑張って』

最後に、可愛いくまがガッツポーズをしているスタンプが返ってきた。つい口元が緩む。

「うん！　あともう一章、栽培と醸造の練習問題までやっておこう」

大きく伸びをして、再びＰＣに向かう。遠く離れていても、千紘さんの言葉は私にたくさんのパワーを与えてくれる。

私も、彼にとってそういう存在だったらいいな、と思う。


派手な音がして、陶器のお皿が砕け散る。銀のトレイが床で跳ね、近くのテーブルで食事をしていた高齢の女性が、驚く声を上げた。

「お客様、申し訳ございません。お怪我はございませんか？」

ナプキンを手にすぐさま駆け寄る。シェフの味を気に入って、月に一度は来店してくださる年配のご夫婦のテーブルだ。今夜は奥様のお誕生日のお祝いだとおっしゃっていたのに。

「大きな声を出してしまってごめんなさい。怪我はないし、服も無事よ」

「本当に申し訳ございませんっ！」

泣きそうな顔で謝っているのは、五月から配属された新人だ。食器を下げている時に左手で持っていたトレイのバランスを崩し、ひっくり返してしまったようだった。いったいなんのトラブルかと、レストラン中のお客様が注目している。

「本当に私はなんともないから、気になさらないで」

恐縮する新人と一緒にもう一度頭を下げ、食器の片づけに向かった。

「日野さん、すみません。私……」

「大丈夫だから、引きずってはだめ。暗い顔でサービスしたら、せっかくのお料理が美味しくなくなっちゃう」

「そうですね……」

「気持ち切り替えていこう。そろそろメインが出るよ」

「はいっ！」

きりっと引き締まった顔で頷くと、彼女は再びホールへと出て行った。その後ろ姿を見て、ほっと息を吐く。

「後輩の指導も様になってきたじゃない、先輩」

「白木チーフ、お疲れ様です」

後ろからやって来た白木チーフが、私の肩を叩いた。

「この間まで、ホールであたふたしてたのに、すっかり成長しちゃって」

「白木チーフのおかげですよ」

「試験勉強の方はどう？」

「おかげさまで順調です。教えていただいたサイトもすっごくよくて」

主催団体によっても違うが、白木チーフと同じソムリエの資格を取るためには、酒類や飲料を提供している飲食店での勤務経験が少なくとも三年は必要になる。

すぐにチャレンジできないのかと落胆していた私に白木チーフが勧めてくれたのが、ワインエキスパートの資格だった。

経験を積んで資格も取り、レストランサービスのプロフェッショナルとして成長した姿を、三年後に帰国する千紘さんにも見てもらいたいと思い、日々頑張っている。

「頑張るのもいいけど、日野さんちょっと根詰めすぎじゃない？　顔色悪いよ」

「えっ、そうですか？」

「ちゃんとご飯食べてる？」

実はここ数日食欲が落ちていて、体も疲れやすい。五月の連休中が激務だったせいで、疲れが取れていないのかもしれない。

「この仕事は体力勝負だし、体が資本だよ」

「そうですね。もっと食事にも気を配ります」

ＰＣに向かって資格の勉強をしていると、ついつい時間を忘れて熱中してしまって、最近は睡眠時間も減っている。今日は帰ったらゆっくりお風呂に浸かって、すぐに休むことにしよう。

「三番、メイン頼む」

「はい！」

厨房から声をかけられ、速足で向かう。今日のメインには、フルーツでできたソースを使っているらしい。普段はなんてことないのに、皿を持った途端、その香りに気持ち悪さを感じた。

「どうかした？」

「……いえ、なんでもないです」

胃の中で何かがせり上がる感覚を必死にこらえ、平静を装って給仕に向かう。しかし、お客様から見えない場所までなんとか戻り、限界が来た。

「チーフ、ちょっとすみません。外します」

口元を押さえ、従業員用の通路を目指す。トイレは通路に入ってすぐだ。

しかし厨房から出たところで、急に力が入らなくなり、そのまま床に座りこんだ。

「日野さん！」

「なんだか急に目眩がして……」

「いい、しゃべんなくて。医務室行こう。立てる？」

立ち上がろうとするけれど、やはり足に力が入らない。

「すみませ……」

心配そうに覗き込む白木チーフの顔が次第にぼやけ、私の視界はそのまま真っ暗になった。

2

見慣れない天井と消毒液の匂い。ぼやけた視界に入り込む、誰かの顔。

「日野さん、気がついた？」

「……白木チーフ」

「覚えてる？　日野さん仕事中に倒れたんだよ」

そう言われて、少しずつ思い出してきた。厨房に入り、メインの料理を運ぼうとした途端、気持ち悪くなったのだ。なんとかお客様にサーブした後、どうしても我慢できなくなって従業員通路へと走った。でも、その後の記憶が曖昧だ。

「過労と……たぶん貧血だろうって。相当体もきつかったはずだってお医者様が言ってたよ」

「そうですか……。チーフにも職場にも、ご迷惑をおかけして申し訳ありません」

今思えば、千紘さんのことをあまり考えなくてすむように、仕事も勉強もと張り切っていた。結果的に、プライベートのことがきっかけで職場に迷惑をかけてしまった。こんな自分が情けない。

「迷惑だなんて、何言ってんの。それに、仕事ならみんなでカバーしてくれたから大丈夫。それより……」

チーフは何かを言いかけてやめてしまった。真剣な顔で私を見ている。

「どうかしました？」

「なんでもない。とりあえず看護師さんを呼ぶね」

そう言って、枕元にあったナースコールを押した。

点滴が効いたのか動けるようになったので、チーフに付き添われて診察室へ向かう。

「私は待合室で待ってるから」

すぐに名前を呼ばれ、一人で診察室に入る。当直らしい、眼鏡をかけた初老の男性医師が、ＰＣの画面を見つめていた。

「えっと……日野、遥花さん？」

「はい」

「過労と貧血ですね。はい、こちらが血液検査の結果。ここの値が平均値を割ってるから、一度かかりつけ医に相談してください。二、三日仕事は休んで十分休息取ってね。じゃないとお腹の子にも障りますよ」

「え？」

検査結果の用紙から、視線を上げる。一瞬聞き間違いかと思ったけれど、そうではなかった。

「尿検査の結果、妊娠反応が出てます。体調が落ち着いたら産婦人科を受診してね。もう動けそうかな。今日は帰っても大丈夫だからね」

「は、はい。ありがとうございました……」

お礼を言って、診察室を出る。お医者様から言われたことを反芻する。そう言われれば、確かに今月は生理がまだ来ていない。千紘さんのことや仕事に気を取られていて、あまり気にかけていなかった。お医者様に言われても半信半疑だったことが、徐々に確信に変わっていく。

待合室のベンチに座っていた白木チーフが、私に気づいてやって来た。

「……日野さん、大丈夫？」

白木チーフが、ドアの前に呆然と立つ私の手を握る。病状の説明があった時に、私が妊娠していることを先に聞かされていたのだろう。労わるように私の肩に手を回すと、ぽんぽんと優しく叩いた。

「タクシー呼んでもらったから、一緒に帰ろう」

「はい……」

そのまま肩を支えてもらい、私達はタクシーに乗り込んだ。私のマンションの前で降り、白木チーフに付き添われながらエレベーターで三階の部屋へ上がる。自分の部屋の前で立ち止まると、後ろにいたチーフを振り返った。

「部屋、ここです」

「このまま一人で大丈夫？」

「大丈夫です。ありがとうございました」

「動けるようになったからって、資格の勉強とかしちゃだめだよ」

「わかりました。この三日間はゆっくりして、体調回復に努めます」

タクシーに乗り込むとすぐ、白木チーフは上司に電話して、私に三日間の有休をもぎ取ってくれた。本当に頼りになる、かっこいい先輩だ。

「白木チーフ、あの……」

「待って」

病院からずっと、チーフは黙っていてくれたけれど、私から話すべきだろう。そう思って口を開きかけた私を、彼女は止めた。

「話なら……明日聞く。仕事帰りに様子を見に来るよ。だから今日はもう何も考えずに早く寝な」

私の体のことを一番に考えてくれたのだろう。その気遣いに、頭が下がる。

「わかりました」

「じゃあ、おやすみ」

「おやすみなさい」

白木チーフの姿が見えなくなるまで、ドアの前で見送って、私は自室に入った。

部屋着に着替え、さっとメイクを落とすと、そのままベッドに倒れ込む。

妊娠……。本当に？　覚えている限り、千紘さんはちゃんと避妊をする人だった。

私が仕事を大事にしていることもわかっているし、千紘さんにも立場がある。決して順番を違《たが》えるようなことをする人ではない。

でも、うまくいかないこともあるのだ。わずかな確率だがそういうことも起こり得るということは、私にも知識としてある。

なぜ今、離れ離れになったこのタイミングでと、複雑な気持ちになる。でもそれ以上に、私の体の中で、大好きな彼との子供が育ちつつあるという事実に、どうしようもなく喜びを感じる自分もいる。

結婚を許されていないのに、先に子供ができてしまった。その事実に戸惑う。このことを知ったら、千紘さんはどう思うのだろう。

それに、千紘さんの家族は？　心証はさらに悪くなるだろうか。それとも、子供のことを話せば態度は軟化するだろうか。まるで想像がつかない。

仕事のことだってある。産むとなれば、今でも十分な人数が揃っているとはいえない職場で、数か月のうちに長期の休暇に入らなければならなくなる。

考えることはたくさんあるのに、やはり疲れが溜まっていたのだろう。いつの間にか電池が切れたように眠ってしまった。

翌日、二十時きっかりに部屋のインターフォンが鳴った。

『私、白木』

「今開けます」

ドアを開けると、スーパーの大きな袋を下げたチーフが立っていた。

「食事とれてる？」

「それが、あんまり……」

昨日の吐き気は、やはりつわりだったらしい。朝食は普通にとれたものの、食後の歯磨きをしているところで急に吐き気を催し、戻してしまった。一度そうなるともうだめで、日中はほとんど寝て過ごした。

「冷たくて口当たりがよさそうなもの買ってきた。食欲がなくても、これなら喉を通るでしょ」

袋を覗くと、ゼリーやプリン、アイスクリームなどのカップやスポーツ飲料が入っていた。ポテトチップスや激辛スナックなんて、なぜか塩気のあるものも入っている。

「スナック菓子？」

「つわりの時こそ、ジャンクなものが欲しくなる人もいるらしいよ」

「そうなんですか！」

ずっと船酔いしているような状態なのに、こんなに味の濃いものが食べたくなるのだろうか。

「何も食べないよりはマシでしょ。食べられそうな時に食べるといいよ」

「なにからなにまですみません。ありがとうございます」

カップに入ったバニラアイスを二つ取り出し、残りはありがたく冷蔵庫や戸棚に仕舞わせてもらった。チーフにも一つ渡して、リビングのソファーに腰掛ける。

「それで、昨日のことなんですけど……」

今日一日考えて、白木チーフには本当のことを話すことに決めた。

「えっ、相手って及川……。いや、そうか……そうだよな。なんか腑に落ちたわ」

千紘さんの名前を聞いて、初めこそ驚いていたけれど、しばらくするとチーフはなぜか納得したような素振りを見せた。

「日野さんは及川のこと慕ってたし、及川もまんざらじゃなかった」

白木チーフと千紘さんは同期入社で、仲のいい方だったと思う。

チーフも、もちろん千紘さんの立場は知っている。だからと言って、千紘さんのことを特別扱いするような人じゃない。彼女がそういう人だからこそ、千紘さんも信頼していたのだと思う。

「及川って後輩の面倒見もいいやつだったけど、日野さんに対してはちょっと違ってた。過保護というか……」

「えっ、そうですか？」

「安心してよ。たぶん気づいているのは私だけだから」

改めて言われると、なんだか恥ずかしい。チーフからはそんなふうに見えていただなんて。

「いつから付き合ってるの」

「実はもう二年になります。周りには黙っていてほしいって、私が頼んだんです」

「わかるよ。なんていうか……及川ってちょっと特別だもんね。周りもうるさいだろうし、仕事に影響が出るのも嫌だし」

そう言って、チーフが肩を竦める。同期なだけあって、彼がその出自ゆえに職場で苦労したことも、もてすぎて仕事に支障を来したことも、全部近くで見てきて知っているのだろう。

「あ、カップもらいます」

しゃべりながらも空になっていたアイスのカップを受け取り、ビニール袋に入れる。

「よかった、日野さんもアイスなら全部食べられそうだね」

「チーフの言う通り、するする喉を通りました。ありがとうございます」

甘いものはどうかと思っていたけれど、冷たいアイスクリームは意外にも美味しく感じて、私ももうほとんど食べきっていた。

「それで、及川には連絡したの？」

「まだです。病院に行って、ちゃんと診察を受けてからがいいかと思って」

「まあ、そうだね。確定してからがいいか」

私も全部食べ終え、ごみを袋にまとめる。アイスクリームを口にできたおかげで、なんだか少しほっとした。

「実は、結婚の話も出ていたんですが、千紘さんのご家族に反対されてしまって。千紘さんは、私との結婚を認めてもらうのを条件にアメリカに行ったんです」

「そうだったの？」

私が頷くと、白木チーフは難しい顔をして眉根を寄せた。

「三年、だったっけ？　及川がアメリカにいるの」

「その予定です」

「間に日本に帰る予定は？」

「ありません」

首を振る私を見て、チーフが口を開いた。

「どうするの、子供」

「そうですね……」

妊娠の可能性を知らされてから、ずっと考えていた。少なくとも三年間は日本に戻れない千紘さんのこと、これからの自分のキャリア、まだ認めてもらったわけではない結婚のこと。

この先のことを考えれば、不安しかない。でも他でもない、お腹の中にいるのは、私と千紘さんの子供なのだ。堕ろすなんて、絶対に考えられない。

そっとお腹に手を当ててみる。この一日で私の中に芽生えた新たな気持ち。もう私はお腹の子供のことを愛しいと思い始めている。……早く会って、この手で抱きしめたいと願っている。

「産みます」

「何があっても？」

「はい」

力強く頷いてみせると、白木チーフはふっと微笑んだ。

「それなら私は日野さんを応援する。遠慮なんかしないで、いつでも頼って」

こんなに心強い言葉をくれる人がいるなんて、私は幸運だと思った。

三日間の有休のうちに、産婦人科を訪れた。すでに妊娠六週目で、心拍も確認できた。出産の予定は十二月。私と同じ誕生月だと聞いて、喜びが倍増する。

「それで、及川には連絡取った？」

「それが、まだなんです」

休み明け、出勤した私は休憩時間に白木チーフに報告した。

「メッセージじゃなくて、せめて電話で話したくて。連絡しているんですけど、なかなか返事が来なくて……」

毎日欠かさなかったメッセージが、実はここ数日途切れがちになっている。少し前に、東海岸への出張が入ると言っていたから、なかなかプライベートの時間が取れないのかもしれない。送ったメッセージに既読すらつかないこともしばしばで、ひょっとして体調を崩してやいないかと心配だ。

「こんな時に限って？」

「そうなんです。でも私も、事が事だけに、出張から戻って落ち着いたタイミングでゆっくり話した方がいいんじゃないかとは思っているので」

「そうだね、それがいいかもしれない」

冷静にこれからのことを話すためにも、ちょうど頭を冷やすには、いい期間なのかもしれない。

「それで、体調はどう？」

「貧血のお薬を出してもらったんで、徐々に改善すると思います。つわりの方は、いい時もあれば、悪い時もあるって感じで」

倒れた日以来、匂いには敏感になってしまった。ムカムカすることはあるが、毎回吐いてしまうわけではない。

「仕事はきつくない？」

「気が紛れて却っていいみたいです。家で寝てる方が、具合が悪くなります」

ちょっと気持ち悪いなと思っても、忙しく立ち働いているといつの間にか忘れてしまう。ただ匂いが気になって、社食はあまり利用できないでいる。職場での食事は、お弁当派の友人と、休憩室でコンビニのサンドイッチや冷製パスタなんかを食べることが増えた。

「無理しないで、しんどい時はすぐに言ってね。ちゃんと対応するから」

「……ありがとうございます」

「あっ、日野さんこんなところにいた」

息を弾ませてやってきたのは、同じ料飲部の先輩だった。

「何かありましたか？」

「わかんないけど、日野さん何かやったの？　今すぐ総支配人室に行ってくれって、課長から伝言頼まれたんだ」

「総支配人室？」

総支配人とは、ホテルアヴェニール東京の最高責任者だ。名前や顔はもちろん知っているが、これまで直接話したことはほとんどない。直属の上司からの呼び出しを飛ばして、総支配人に呼ばれるような失敗をやらかした覚えもない。

「心当たりはないですけど……」

総支配人に呼ばれる覚えはない。けれど、考えを巡らせてはっとする。呼んでいるのは総支配人ではなく、アヴェニールホテルズの社長である、千紘さんのお父さまなのではないか。

複数のホテルや事業を展開するアヴェニールホテルズは、ここと は別の場所にオフィスビルを構えている。多忙を極める社長が、わざわざ私に会いに来るなんて考えにくい。用事があってホテルアヴェニール東京へ来て、ついでに総支配人を通して私を呼び出したのかもしれない。

「わかりました。とりあえず行ってきます」

「日野さん、大丈夫?」

立ち上がった私の腕を、白木チーフが不安げな顔で掴む。チーフも、社長の存在を感じたのかもしれない。不安を隠して、彼女を見て微笑んだ。

「戻ったら、すぐにチーフに報告しますね」

「わかった、先に仕事に戻ってる」

力なく手を放すと、白木チーフは硬い表情のまま頷いた。

従業員専用のエレベーターに乗り、役員室がある階で降りる。入り口にある秘書課に声をかけると、すでに話は通っていたようで、一番奥にある総支配人室へと案内された。

重厚なドアをノックすると、中から「どうぞ」と声が聞こえた。

「失礼します」

ドアを開け、一礼する。顔を上げると、中央に設えられた応接セットに総支配人と向かい合って、もう一人男性が座っていた。

その顔を見て、はっとする。総支配人と一緒にいるのは、アヴェニールホテルズの及川社長、千紘さんのお父さまだ。短く整えられたグレイヘアに千紘さんとよく似た切れ長の瞳。私を見つめる目は鋭く、どういう人間かと見定めようとしている。背中に緊張が走った。

「料飲部の日野遥花と申します」

「業務中に呼び出してすまないね。こちらはアヴェニールホテルズの及川社長だ」

社長はお辞儀をする私をじっと凝視していた。値踏みでもされているかのようで、居心地が悪い。

「それでは私はこれで」

「ああ、ありがとう」

あらかじめそう言われていたのか、総支配人は立ち上がると、私に席を譲って部屋を出て行った。二人きりで取り残され、重たい沈黙が立ち込める。それを、社長が破った。

「千紘から君のことは聞いてる。結婚の約束をしているそうだね」

「それは……」

ストレートに問われ、つい言い淀む。でも千紘さんとの結婚を認めてもらうために、私からもちゃんとお願いした方がいいと思い直した。

「アメリカから帰ったら、籍を入れようと言われています」

「そうか」

ゆっくりと瞬きをして、もう一度私を見る。口元は微かに笑みを浮かべているが、視線は依然厳しいままだ。私は、息を呑んで社長の言葉を待った。

「それで、千紘が君と結婚をして、うちの会社にどんなメリットがあるのかね」

「会社のメリット、ですか？」

思いも寄らないことを聞かれ、困惑して顔を上げる私を、社長は呆れたと言わんばかりの顔で見つめている。

「どうして驚いているんだ。跡取りである千紘の結婚は、会社の将来を左右する一大事だ。千紘だってバカじゃない。君との結婚は、会社に何かしら恩恵を与えてくれる。そう考えての決断だと思っていたんだが、違うのかな」

「それは……」

すぐに答えられない私を見て、口の端を上げる。嫌な予感が胸をかすめた。

「そうでなければ、君との結婚は到底認められない」

私との結婚を認めてくれる前提で、千紘さんはアメリカに行ったはずだ。千紘さんと社長との間で取り交わされたというあの約束は、どうなっているのだろう。

「アメリカのホテルの経営再建に成功したら、結婚を認めてくださると約束されたと聞いています。そして、帰国後は千紘さんを副社長に迎えると」

「何を勘違いしているのかな」

社長は皮肉めいた笑みを浮かべると、私に向かってわずかに身を乗り出した。

「我々は君らとは違う。結婚や付き合いはビジネスの一環だ。何度でも言うが、会社に恩恵を与えてくれる者以外との結婚は断じて認められない」

ただの従業員でしかない私には、返せる言葉がない。それでも私にできることがあるとしたら……。縋《すが》るような気持ちで口を開く。

「確かに、今の私には何もありません。でも、千紘さんを愛する気持ちは誰にも負けません」

「愛、ね」

ため息交じりに言うと、社長は私を正面から見据えた。

「千紘をアメリカに行かせたのは、ホテルの再建が本当の目的ではない。千紘は向こうで結婚をする」

「……どういうことですか？」

突然告げられたその言葉に頭が真っ白になる。

「向こうには、民自党の佐田《さた》議員のお嬢さんが住んでおられるんだ。光栄なことに、佐田議員はぜひお嬢さんをうちの千紘に、とおっしゃっていてね」

民自党の佐田議員といえば、最近何かとよく名前を耳にする人物だ。三年後に行われる予定の国際博覧会の中心的役割を担っている人物で、経済産業省の次期大臣候補だと噂されているとニュースでも言っていた。

「彼女もかなり優秀な方でね。アメリカの大学院で経営学を学んだ後、仲間と人材派遣の会社を興して成功していて、この業界にも精通している。彼女のような人なら、千紘のことを立派に支えられると思わないかね」

そんなにすごい人、私なんかが太刀打ちできるわけない。それでも。

「私は、千紘さんの愛情を信じます」

無意識のうちに、お腹に手を当てる。

この子のためにも、千紘さんを失うわけにはいかない。しかしそんな私を見て、社長はまるで理解しがたいとでも言いたげに首を振る。

「千紘に課せられた課題は、そんなに簡単じゃない。きっと苦戦するだろう。そんな時に、自分のブレーンとなり得る美しく聡明な女性がそばにいて、心が傾かないと思うかね。それに」

言葉を区切ると、社長は再び私を見つめ微かに笑みを浮かべた。

「三年だよ、君。男女が出会って恋に落ち、生活を共にして子供をもうけるには、十分だと思わないかね」

それで、三年。なんていうことなんだろう。社長は始めから私達を結婚させる気などなく、政略結婚をさせるために、千紘さんをアメリカに送り出したのだ。そしてその結婚を盤石なものにするために、三年という期間を設けた。

千紘さんは、もう出会ったのだろうか。彼が大事にしているホテルに多大な恩恵をもたらすその女性に。

……ひょっとして、最近連絡が途絶えがちなのはそのせい？ 想い続けているのは私だけで、とっくに彼女に心変わりをしているのだとしたら……。

千紘さんに限って、そんなことない。心の中でどんなに打ち消しても、悪い考えばかりが浮かんでくる。でも、それでも……。

「私は、千紘さんのことを――」

「それでも千紘が君と結婚をするというのなら、後継ぎ候補から外す」

「そんな！」

諦めの悪い私の言葉を、社長が遮る。苛立ちが表情に表れていた。

「会社の利益より私欲を優先するような人間に、経営者は務まらないからね」

「千紘さんはそんな人じゃありません。誰よりも会社の発展を願って――」

「だから君の存在が、千紘の足を引っ張っているというのだよ。なぜわからない」

頭をがつんと殴られたようだった。私がいると、千紘さんは自分の夢を叶えられない。私が彼の未来を、邪魔しているのだ……。

「君には申し訳ないが、もう後戻りはできない。万が一破談にでもなったら、うちの会社にどんな影響があるか……。それがわからないほど、千紘も愚かではあるまい。諦めたまえ」

唇を噛む私に、社長はさらに追い打ちをかける。

「今後は千紘と会うことはもちろん、連絡を取ることもやめてほしい。もちろんタダでとは言わない。それなりの対価を用意するつもりだ」

お金が欲しいから、千紘さんに近づいたとでも思っているのだろうか。あまりの侮辱に怒りで声が震える。

「そんなものいりません！」

「まあ、そう言わずに。両親も離婚して、頼れる人もいないのだろう。そういえば、君には料理人のお兄さんがいるそうだね。暁《あかつき》ホテルで修業した後海外に出て、そろそろ日本に帰って来るそうじゃないか。日本に戻ったら、再就職？　それとも開業かな。いずれにしろ新しい生活を始めるには、色々入用だろう」

家族のことは、それなりに調べられているだろうとは思っていた。でも兄の帰国のことは、私もこの間の電話で初めて知った。まだ誰にも話していない。いったいどこまで知っているのか。

これ以上食い下がれば、兄にまで被害が及ぶだろう。出店の計画を潰されてしまうかもしれない。

それに、もし社長に、子供の存在が知られてしまったら……。想像するだけで、背筋が凍るようだった。

もう、限界だった。一刻も早く、この人の前から立ち去りたい。

「……失礼します」

震える声でそう告げると、私はこの重苦しい部屋から飛び出した。

その後、社内で千紘さんの結婚の噂が広まった。もちろん相手は私ではない。

私は体調を崩したことを理由に、退職を申し出た。特段引き留められることもなく、すんなりと受理された。

退職後、これまで使っていた給与口座に退職金とは別に、驚くような金額が振り込まれていた。

3

店に入る前に、一度大きく深呼吸する。呼吸を落ち着けて、ドアを押した。

「お兄ちゃん、ただいま」

「おう、おつかれ」

「ランチボックス完売したよ」

「本当か」

厨房でディナーの仕込みをしていた兄が、顔を上げた。

「……すごいな」

調理の手を止め、こちらにやってくると、空っぽになった発泡スチロールのケースを見て、驚きの声を上げた。

「お客さんがお友達を連れてきてくれたりして、口コミで評判が広がってるっぽいの。お店の名前もだいぶ浸透してきたと思う」

販売に立っていると、「カシェットのランチボックス美味しいよね！」なんて声も聞こえてくるし、オープン前から順番待ちの列ができるようになった。あまり表情を表に出すことのない兄にしては珍しく、私の報告を嬉しそうに聞いている。

「ランチボックスの出張販売なんて初めはどうなるかと思ったけど、遥花を信頼して任せてよかったよ」

「お兄ちゃんの作る料理が美味しいから。本当にすっごく評判いいのよ」

たまに覗く口コミサイトにも、いい評価のレビューが並んでいる。

話しながらも、お互い手は忙しく動かしている。道具を仕舞って、それが終わると売上金の計算だ。早く終わらせて、私も夜営業の準備に取り掛からなくちゃいけない。紘基のことも、早く迎えに行ってあげたい。

「遥花、明日はどうする。弁当の数増やすか？」

夜営業の仕込みを終えてカウンターで一息入れていると、兄が話しかけてきた。厨房にいる兄は、業務用の冷蔵庫を開けて、在庫をチェックしている。その大きな背中を見ながら、意を決して話しかけた。

「……お兄ちゃん、明日なんだけど、たまには販売の場所を変更しない？」

ひょっとしたら、明日も千紘さんがやって来るかもしれない。これ以上、彼と接触するのは避けたい。万が一、千紘さんと会ったことが社長に知れたら、何をされるかわからない。

紘基のことも、兄のことも、どうしても私は守りたいのだ。

「突然どうした？　順調だって、今話したばかりだろ」

兄は冷蔵庫を開けたままこちらに振り返ると、怪訝そうに眉根を寄せた。兄の反応は当然だ。今の場所に出店して、ようやく軌道に乗り始めたのだ。本来なら、もうしばらく同じ場所で出店して、屋号の浸透と新規の顧客とリピーターを掴む努力をするべきだ。

「えっと……、やっぱり激戦区なだけあって、ライバル店も多いの。しかもどのお店も美味しそうだし、探したらもっといい場所あるんじゃないかなって思って」

「せっかく客がつき出したのに、場所を変えるなんていくらなんでも早すぎだろ。出店許可だってそうそう簡単に下りるわけじゃない。手間がかかることくらい、お前もわかってるだろ」

「それはそうだけど……」

冷蔵庫の扉を閉めて厨房から出てくると、私の前に立ちまじまじと顔を見る。そして、兄が何かに気づいたように目を見開いた。幼い頃から、私は兄には隠し事ができないのだ。

「どうした。販売中になんかあったのか」

「……うん、何もないよ」

間が空いてしまい、気まずさが顔に出る。兄はトラブルを確信したらしい。

「俺には言えないことか」

口を噤む私を見て、兄は厳しい表情をしている。販売場所の変更は、咄嗟《とっさ》に口から出た言葉だったけれど悪手だった。当たり前だけれど、兄は結婚の約束までした私を切り捨てた千紘さんと社長のことをよく思っていない。

再会したことを話したら、激昂して彼のいるところに乗り込んでいくかもしれない。

「そうだ、飾り食材のハーブ切らしてたよね？　私が買ってくるよ。そのまま紘基のお迎えにも行ってくるね」

「話の途中だぞ！」

兄に無理やり聞き出される前に、私はいったん店から出て行くことにした。紘基の前では兄も兄妹げんか染みたやりとりはしないはずだ。

「夕飯用意しとくから、持っていけよ！」

兄の声が追いかけてくる。

「わかった！　ありがとう」

振り返って手を振って、どこまでも面倒見のいい兄に、心の中で両手を合わせた。

自転車の後部座席から、紘基の機嫌よさそうな歌声が聞こえてくる。保育園でたっぷりお昼寝をして、おやつもしっかり食べたのだろう。ぐずる様子もなく、夕方の心地よい風に吹かれている。

「紘くん、新しいおうた大好きになったみたいね」

「そうだよ。あのね、ひろくんはあおのいろがすき」

好きな色を尋ねて、何色の絵の具が一番先になくなるか答える歌を、紘基は気に入ったらしい。ところどころ歌詞は違う気がするけれど、一生懸命歌っている。

「ママは？」

「うーん、ママは赤かなぁ」

「じてんしゃとおなじ？」

「そうそう、同じ色だね」

保育園の帰りはいつも、その日にあったことを教えてもらう。大抵は私の方から「今日は何をしたの？」と聞くけれど、今日は紘基の方から、新しいおうたを習ったよ！　と興奮気味に教えてくれた。

「さ、着いた。紘くん降りようね。省吾おじちゃんにばいばいして帰ろう」

「はーい。おじちゃん、どれが好きかな?」

「紘くんが聞いてみて」

「わかった!」

自転車から下ろすと、紘基は真っ先にお店の中に駆けていく。

基本、仏頂面の兄だけれど、紘基にはとことん甘い。手放しで可愛がってくれる兄のことを、紘基も大好きだ。

「おじちゃんきいて」なんて紘基が言って、新しい歌なんか披露されたら、感激して甘いお菓子をあげちゃうかもしれない。今の時間にお菓子を食べてしまったら、小さい紘基は絶対に晩ご飯が入らない。下手したらお腹いっぱいで眠ってしまって、朝までそのまま、なんてこともありうる。

園庭で目いっぱい遊んで汗もかいて汚れているだろうし、お風呂に入れないまま翌日登園なんてことは、絶対に阻止しなくちゃならない。

「紘くん、待って!」

園から持ち帰った大荷物を抱え、開店前の店に入ると、兄と紘基と、もう一人いた。

仕立ての良いスリーピース。一八〇センチを超す長身と、すらりと伸びた足。見覚えのある後ろ姿。

「千紘さん……」

振り返った顔は、間違いない。千紘さんだった。

「おにいちゃん、だぁれ？　おきゃくさん？」

無邪気な声で、紘基が聞く。千紘さんは一瞬大きく目を見開いた後、腰を下ろして紘基の目線に合わせた。

「こんにちは。僕は及川千紘っていうんだ。……君は？」

「こんにちは。ぼくはひのひろきです」

ぴしっと気をつけをして、紘基が答える。

「ひろ……き？」

名前を呼んで、私に視線を移す。思わず、目を逸らした。

「紘基くんの後ろにいるのは、君のママ？」

「そうだよ」

止める間もなく、紘基が頷く。それを見て、千紘さんの表情がわずかに陰った。

「……それじゃあパパは？」

ちらりと、厨房の中にいる兄に視線を這わせる。ひょっとしたら、兄のことを紘基の父親だと勘違いしている？

「ひろくんにパパはいないよ」

答えを聞いて、千紘さんがわずかに動揺したのがわかった。再び私に視線を合わせる。彼の目が、問いかけてくる。私は口を開けない。

「遥花、この子は……」

とうとう、千紘さんに紘基の存在を知られてしまった。動けずにいる私の眼前が、突然白に染まる。開店に向けユニフォームに着替えていた兄が、私の前に立ったのだ。

「悪いけど、うちもうすぐ開店時間なんだよね」

「お忙しい時間に申し訳ありません。彼女と話をさせてもらえませんか。大事なことなんです」

千紘さんと私の間に立ちはだかった兄が、振り返る。首を振る私を見てため息を吐いた。

「営業の邪魔になるから、話すなら別の場所で話してくれる？　遥花、うちに連れてってやれよ。ほら、あんたも妹が案内するからさっさと行って」

「妹？　それじゃあ、あなたは……」

やはり兄のことを、私のパートナーか何かだと勘違いしていたのだろう。千紘さんは目を丸くした。

「日野省吾。遥花の兄で、この店の経営者です。俺は夜中まで仕事だから、遠慮しないでゆっくりしてって」

「そんな、お兄ちゃん！」

まさか兄が、千紘さんと話すよう仕向けるなんて思わなかった。驚く私に、兄は「さっさと行け」と視線を送る。

「遥花」

千紘さんが、縋るような目をして私を見る。紘基のことを、話さなければならない。私は抵抗することを諦めて、腹を括った。

「……千紘さん、私と来てくださいますか」


兄の店からそう離れていない住宅街の一角に、私達が住む一軒家がある。こういうことには嗅覚が鋭い兄が探してきた、築三十年の2LDK。

外観はともかく、内装はリフォーム済みで結構快適だ。一階はキッチンとちょっと広めのリビング、二階に二部屋あり、私と紘基で一室、もう一室を兄が使っている。

都内にありながら家賃もかなり良心的で助かっている。

「狭いですけど、どうぞ」

ドアを開け、千紘さんを招き入れた。大人が三人も入れば窮屈になるほど狭い玄関で、千紘さんが驚いているのがわかった。

兄と紘基の三人で暮らしてきたこの家に、千紘さんがいるということが信じられない。これから彼に、全てを話さなければならないのかと思うと気が重くなる。玄関先に突っ立ったまま塞ぎ込む私を現実に引き戻したのは紘基だった。

「ただいま！」

ぽいっと靴を脱ぎ捨てると、紘基はそのまま部屋の中に駆けていった。

「紘くん待って！　お靴ちゃんと片づけなきゃだめだよ」

「はーい」

廊下をくるっとUターンして、紘基が戻ってくる。

「はい、ないないしてね」

脱ぎ散らかした靴を揃えて手渡す。紘基は片手で一足ずつ持って、シューズボックスの中に仕舞った。

「ご飯は手を洗ってうがいをしてからね」

「はーい、ママ」

私や千紘さんはまだ靴も脱いでないというのに、紘基は一人でとことこと洗面所へ行ってしまう。

「もう、紘基ったら。すみません、千紘さんはこれ使ってください」

来客用のスリッパを出すと、紘基の後を追いかけた。

紘基は洗面台の前に踏み台を置いて、上ろうとしているところだった。

「ちょっと待った紘くん。それは一人では使わない約束でしょ」

「ひろくんが！」

なんでも自分でやろうとするのはいいのだけれど、使い方を間違えて怪我をされてはたまらない。

「じゃあ紘くんは自分でハンドソープを出してお手てごしごししてね。ママは後ろで見てるから」

「いいよ」

「さあ、どうぞ」

声をかけると、紘基は踏み台に上り、シンクの中に手を伸ばした。上着の袖が濡れてしまわないよう折り曲げて、紘基の後ろで待機する。

「ママみて！」

「うん、上手に洗えたね。次はうがいね」

コップを取って水を入れようとすると、「ひろくんが！」と言って私からコップを奪う。水道の蛇口をひねってやると、紘基は周りに水を飛ばしながらもコップに水を入れて、うがいをした。

「遥花？」

「あっ、すみません！　よかったら千紘さんも洗面所使ってください」

紘基の世話に夢中になっていて、千紘さんのことを玄関にそのままにしていた。私は戸棚から新しいタオルを取り出すと、千紘さんに手渡した。

「ありがとう」

「いえ。……どうかしました？」

私を見て、千紘さんがちょっと驚いたような、あっけにとられたような顔をしている。かと思うと、くすくすと笑い出した。

「男の子はやっぱり元気がいいね。追いかけるだけでも大変そうだ」

「かわいいけど……大変です。いくら体力があってもたりませんよ……」

紘基を見てそう言うってことは、ひょっとして千紘さんのところには女の子がいるのだろうか。彼によく似た可愛い女の子の世話を焼く姿を想像して、傷ついている自分がいることに気がついた。

——私はなんて勝手なんだろう。三年前、彼が私ではない女性を選んで結婚したことは、ちゃんと受け入れたつもりでいた。それなのに、いざ現実を突きつけられるとこんなふうにみっともなく嫉妬したりして……。私には、そんな権利もないというのに。千紘さんを困らせてはいけない。

紘基はとっとと洗面所を抜け出して、リビングでお気に入りのおもちゃを探している。千紘さんの視線は、水浸しになってしまった洗面所に向いていた。

紘基ったら床まで濡らして。あとでマットも取り換えなくちゃ。子供がいると、普通に過ごしていても、やるべきことが後から後から増えていく。

「水浸しにしちゃって、すみません」

千紘さんに断りを入れて、雑巾でさっと床を拭う。

「お待たせしました」

「全然。こちらこそありがとう」

懐かしい笑顔を浮かべて私を見る。大好きだった優しい笑顔も、今はもう私以外の誰かのものなのだ。そう思ったら、忘れていたはずの感情が溢れ出そうになって、胸が痛んだ。

「紘基のところに行ってますね」

顔を見ずにそう言うと、私は千紘さんから逃げるようにキッチンへ向かった。

リビングのテーブルに、紘基と千紘さんは隣り合わせで、私は紘基の向かいに座り、夕食をとっている。急いで夕食を食べてお風呂に入れなければ、何も終えないまま紘基は朝まで眠ってしまうことがあるのだ。本当はさっさと千紘さんとの話をすませたいけれど、紘基のことを考えると、ゆっくり話しているわけにもいかない。

紘基と千紘さんを天秤にかけた結果、私は紘基の世話を優先することにした。

「よかったら、夕飯食べて行かれませんか?」

「いいのかな、お言葉に甘えてしまって。君が構わないのなら、ぜひ」

彼にとっても迷惑かなと思ったけれど、意外にも千紘さんは、二つ返事でOKした。

「これおいしいよ。ねえ、これすき?」

「ああ、大好きだよ。このハンバーグすごく美味しいな」

食卓で、紘基と千紘さんが顔を見合わせて笑い合っている。ありえないと思っていた光景が目の前で繰り広げられ、戸惑ってしまう。突然のお客さんに、紘基も興奮しているようだ。拙い言葉を繋いで、しきりに千紘さんに話しかけている。

「どうかした、遥花?」

二人に見入っていたことに気づいたのだろう。千紘さんが不思議そうに首を傾げる。

「……なんでもないです。あ、紘くんお口汚れてるよ」

「俺がやるよ」

子供用の顔拭きティッシュを手に取り、紘基の口の周りについたソースを優しく拭ってあげる。いつもは嫌がるのに、紘基は千紘さんのされるがまま。知らない人に触れられて緊張しているのかなと思ったけれど。

「ありあと」

「どういたしまして」

にっこり笑う紘基を見て、こんなに早く千紘さんに懐きつつあるのかと驚いた。

「紘基、人参食べられるのか。偉いな」

「ひろくんえらいんだよ！」

「あっ、そんなに詰め込んじゃだめ！」

褒められて嬉しかったのか、人参のグラッセやじゃがいものマスタードソテーを次々に口に入れようとする。

「落ち着いて、一個ずつゆっくり噛んで食べような」

紘基の背中をさすりながら、「こうやって」と千紘さんが噛むふりをする。紘基は千紘さんを真似て、喉につかえることなく全部食べ終えた。

「ありがとうございます。付き合ってくださって」

食後のお茶を淹れて、千紘さんの前に置く。紘基はお腹がいっぱいになって満足したのか、大人しくリビングで幼児番組を見ている。

「俺の方こそ、突然ごちそうになってしまって……。どれも美味しかったよ」

「店の残りものですみません」

今日はメインが兄からもらったハンバーグ。副菜は作り置きの小松菜のお浸しを出して、汁ものは紘基を見てもらいながら私が手早く作った、卵と豆腐とわかめのすまし汁だ。

「全然。お兄さんにもお礼言わなきゃな。今度は店の方にもちゃんと食べに行くよ」

「そう言っていただくだけで十分です。千紘さん、日本に帰ったばかりでお忙しいでしょう？」

「それくらいの時間、いつでも作れるよ。お兄さんにはきちんと挨拶もしたいし」

すでに家庭がある身なのだから、これ以上私達と関わりを持たない方がいいだろうに。遠回しに断ろうとしても、彼には伝わらない。

「それに、遥花の手料理も久しぶりに食べられて嬉しかった」

微笑む千紘さんから視線を逸らす。今さら、どうしてそんなことを言うんだろう。

「遥花、俺は……」

「ママぁ」

千紘さんの言葉を遮って、紘基が私を呼んだ。

「紘くん、どうしたの？」

「ママひろきねむい～」

お気に入りのおもちゃを抱いて、目をこすりながらこっちへ来る。自分のことを『ひろき』と呼ぶのは、機嫌が悪くなり始めている証拠だ。

時計を見ると、午後七時半。いつもなら、とっくにお風呂もすませている時間だ。

千紘さんは「えっ、もう？」と驚いている。

「紘基をお風呂に入れてきてもいいですか？　一度寝ちゃうと、朝まで起きないんです」

保育園で一日元気いっぱい遊んで汗をかいただろうし、お外遊びもしている。なんとしてもお風呂には入れてあげたい。

「時間ならまだ大丈夫。俺に手伝えることがあったら言って」

「ありがとうございます。お風呂の用意をしてくるんで、ちょっとだけ紘基のこと見てもらえますか」

「了解」

ぐずり始めた紘基を千紘さんに託し、着替えとタオルを用意する。いつでも入れられるよう、お風呂は帰ってすぐに沸かしてある。

バタバタとお風呂をすませ、紘基の髪を乾かして、仕上げ歯磨き。眠いと言いながらも、千紘さんがいるから興奮して寝ないんじゃないかと思いきや、はしゃぎすぎて疲れて紘基はリビングのソファーにばたんと眠ってしまった。

「いつもどこで寝てるの」

「二階の私達の部屋に」

「連れて行く？」

少し悩んで、このまましばらくソファーに寝かせておくことにする。一人で部屋で寝かせるのは、まだ不安だ。

「普段からこんなに早く寝ちゃうの？」

「園のお友達の中には、大人と一緒に遅くまで起きてる子もいるみたいですけど、紘基はだいたい八時から九時の間には寝てしまいます」

店が休みで兄が手伝ってくれる時はいいけれど、帰宅して紘基が眠るまでは、毎日嵐のようだ。

「お茶、淹れ直しますね」

「ああ、ありがとう」

さっきは三人で並んだテーブルに、千紘さんと向かい合って座る。これから全部、彼に話さなければならないのかと思うと、緊張で体がこわばってしまう。

一番怖いのは、彼と血の繋がった紘基を、及川家に取られてしまうことだ。紘基と引き離されるなんて、想像しただけで体が張り裂けそうだ。緊張で小刻みに震え出した手を、彼に気づかれないように、テーブルの下に隠した。

「三月の末に、日本に帰ってきたんだ。今日はたまたまあの近くで会議に出席していて、……遥花と会えたのは幸運だった」

幸運、だなんて。私と再会して気まずくはなかったのだろうか。

ちらりと千紘さんの左手に視線を送る。結婚指輪ははめていない。でも、指輪をつけていないからって結婚をしていないとは限らない。三年前、私は確かに社長に聞かされたのだ。千紘さんはアメリカで結婚をする、と。

「……三年前、遥花はどうしていなくなったの」

責めているわけではない、優しい口調だった。そんな声で、どうしてこんなに残酷なことを聞くのだろう。疼く胸を押さえながら、私は必死に言葉を探した。

「どうしてって……、千紘さんはアメリカで結婚したんですよね？　いくらホテリエの仕事にやりがいを感じていても、あなたがいつか帰ってくる場所に居座れるほど、私は強くありません」

ホテルを辞めたのは、社長に千紘さんと別れるよう迫られたことと、お腹にいた紘基の存在が直接の原因ではあるけれど、千紘さんの結婚がショックだったのも事実だ。

「……結婚？　俺は結婚なんてしていない」

「民自党の佐田議員のお嬢さんとアメリカで結婚をするって聞かされました。その後、ホテルでも噂になったし」

「聞かされた、って誰に聞いたんだ」

「それは……」

失言だった。このままでは、社長とのやりとりの全てを千紘さんに話さなくてはいけなくなる。

千紘さんが、大きな音を立てて椅子から立ち上がった。私の前へ来て、大きな手で肩を掴む。

「教えてくれ！　いったい誰から……」

「大きな声を出さないでください。紘基が起きます」

千紘さんはっとして後ろを振り向いた。紘基はぐっすりと寝入っていて、目を覚ました様子はない。ほっと息を吐くと、千紘さんは「……悪い」と再び椅子に座った。

「遥花に嘘を教えたのは、ホテルの人間じゃないよな。二人のことは秘密にしていたし」

探るように、私を見る。それでも口を開こうとしない私に、何かを悟ったのだろう。

「……やっぱり父なんだな」

低く怒りの滲む声で、千紘さんが言った。

私は、否定も肯定もできずに、ただ彼のことを見つめていた。千紘さんは私から視線を逸らすと、苦しげに顔を歪めて「ごめん」と言った。

「俺がアメリカに行ってから、遥花に接触したんだな。父のことだから、きっとひどい言葉で君を傷つけただろう」

確かに、当時は社長の言葉に苦しんだ。千紘さんがホテルの御曹司なんかじゃなく、ただの職場の先輩だったなら、彼との仲を引き裂かれることもなかったかもしれない。

考えても仕方のないことを何度も考えた。

「……アメリカで佐田議員の娘さんと会ったのは事実だ。それも仕組まれた見合いだった。出張先でホテル再建の協力者と会うっていう名目で引き合わされて、実際やって来たのが彼女だった。でも話をしてちゃんと断ったよ」

彼との連絡を絶つ前、確か東海岸に出張に行くと言っていた。頻繁だったメッセージのやりとりがある日を境にぱたりとなくなったのもその頃だ。

「それじゃあ、急にメッセージの返事が来なくなったのは……？」

「スマホが壊れたんだ。正確に言うと、秘書が不注意で落とした。急いで新しいのを手に入れたけど、その時にはもう君とは連絡が取れなくなっていた」

千紘さんがスマホを新調するまでの間に、社長が私を呼び出したのだ。あまりにもタイミングが良すぎる。これが全て社長の仕業だとしたら……。

「秘書は、日本に帰る前に辞めてもらった。……裏切られていたんだ。この人ならと信頼して日本から連れて行ったんだけど、裏で父と繋がっていた」

「そんな……」

二人の結婚を妨害するために、そこまでするなんて。社長の徹底した姿勢に、背筋が寒くなる。

「父との約束があったから、日本に帰るわけにはいかなかった。でも向こうで、あらゆる手段を使って、ずっと遥花のことを捜していた。なのにどうしても、君にたどり着けなかった。そのはずだよ。俺の依頼は全て秘書の手で握り潰されていた。彼のことを信頼してただけに、ショックは大きかったよ」

本意でないお見合いに、信頼していた部下の裏切り。ホテルの立て直しを行う中で、千紘さんも多くの辛いことを乗り越えてきたのだ。

千紘さんは、結婚をしていなかった。そして、ずっと私のことを捜してくれていた。喜んでいる場合ではないのに、どうしても胸が熱くなる。

「なあ、遥花」

硬い表情に、思わず背筋を伸ばす。千紘さんはソファーに眠る紘基に視線を送ると、再び私に向き直った。

「紘基は、俺の子だよな？」

「それは……」

思わず肩に力が入る。すぐには言葉にできなかった。

「遥花？」

きっと千紘さんは、確信している。たとえ私が否定しても、今の千紘さんなら、難なく真実にたどり着くだろう。私は、覚悟を決めた。

「……そうです。紘基はあなたの子です」

頭ではわかっていただろうに、千紘さんの瞳が揺れた。真実を噛みしめるように、眠っている紘基の顔を見つめている。

「……ひょっとして、紘基の名前も俺の一文字を取ってつけてくれた？」

『紘』という字には、太い綱や大きい、広いといった意味がある。紘基も千紘さんのように寛容な心を持ち、広い世界に羽ばたく人になってほしい。そんな意味を込めて、紘基と名付けた。

「勝手に使わせてもらってすみません」

「とんでもない。嬉しいよ」

そう言って、千紘さんは優しく目を細めた。

「一人で俺の子を産み育てて、今まで頑張ってくれたんだな。……本当にごめん。もう遥花のことを一人にはしないから」

テーブル越しに、彼が私の手を握る。

「俺と結婚して、紘基と三人で一緒に暮らそう」

私をまっすぐに見据え、もう一度プロポーズをしてくれる。彼との別れを選び、紘基を一人で育てると決めた三年前は、こんな日が来るなんて夢にも思ってなかった。

彼の言葉に、迷いなく頷くことができたならどんなによかっただろう。

「……ごめんなさい。それはできません」

「どうして？」

「どうしてって……」

言い淀む私を見て、千紘さんが顔色を変える。

「ひょっとして、もう他にいい人がいるのか？」

「まさか！　そんなわけありません」

千紘さんと別れてからの三年間は、本当に必死だった。兄に助けられ、仕事をしながらなんとか紘基を育てる日々。育児と仕事の両立は想像以上に過酷で、精神的にも肉体的にも追い詰められ、恋をする余裕なんて微塵もなかった。

それに、私の心の中には、いつも千紘さんがいた。彼がアメリカに経つ前夜にもらった指輪も、結局処分することができなかった。この想いが叶うことは二度とないとわかっていたけれど、それでも指輪も、彼への気持ちも捨てられなかった。

「それならどうして？　なぜ俺との結婚をためらう必要がある」

「それは……」

脳裏に浮かぶのは、三年前私を呼びつけ、辛辣な言葉を吐き続けた社長の姿だ。彼はいかに私が千紘さんの足手まといであるかこんこんと説き、私が別離を選ばなければば、千紘さんを後継者候補から外すとまで言った。三年の月日が経ったからと言って、社長の考えが変わるとは到底思えない。

「千紘さんにアヴェニールホテルズの後継者として、理想を叶えてほしいから。あなたの未来に、私達は必要ありません」

「……君はどうしてそんな悲しいことを言うんだ」

テーブルの上で、千紘さんは組んだ両手をきつく握りしめた。つらそうに眉根を寄せると、ふーっと長く息を吐き出した。

「君のことを諦めるなんて、絶対に無理だ。紘基のことがあればなおさら」

彼がどう思っていようと、構わなかった。今さら、千紘さんとどうこうなろうなんて望んでいない。千紘さんが結婚していようといまいと、私達の存在は彼にとっては足手まとい。その事実は変わらないのだ。つらかったけれど、時間をかけて私はそのことを受け入れた。

「紘基には、父親はいない。それでいいと思っています。私達に会うのは、今日で最後にしてください」

「それはできない」

まっすぐに私を射抜く、真摯な瞳がそこにあった。

「遥花への気持ちは、三年前と変わっていない。日本に帰ったら、真っ先に君を捜し出すつもりだった。それがこんなに早く会えるなんて。……やはり君は、俺の運命なんだと確信したよ。絶対に手放したりしない」

臆面なく自分の気持ちを口にする。三年前もそうだった。当時は彼に愛を囁かれるたびに、天まで上るような気持ちになった。でももう、それを素直に受け入れられるほど、私も世間知らずじゃない。

「千紘さんのお父さまはきっと反対します」

あれだけのことをして、私達の仲を引き裂いたのだ。今さら認めてくれるとは思えない。

「父のことは関係ない。俺は今でも君とずっと一緒にいたいんだ。賭けてもいい。この気持ちは一生変わらない。これ以上父の好きにはさせないし、紘基のこともきちんとしたい。だから俺にチャンスをくれないか」

「……チャンス？」

「ああ」

「また遥花が俺に心を開いてくれるまで頑張るよ。俺は決して、君を諦めない」

誰もが心掴まれる眩しい笑みを浮かべ、千紘さんはそう宣言した。

玄関のドアが開く音がする。足音を潜めて入ってきたのは、兄の省吾だった。

「おかえり」

「なんだ、まだ起きてたのか。あいつは？」

「もう帰った」

「そっか」

自分から聞いておきながら興味なんてなさそうな返事をすると、疲れた足取りで、キッチンへ向かう。兄は冷蔵庫からビールを一缶取り出し、その場でプルタブを開けて喉を鳴らした。

「お兄ちゃん、ご飯は？」

「店で軽く食ってきた」

バイトの子と一緒に、賄いですませたのだろう。本格的に飲むつもりらしく、新しい缶ビールと冷蔵庫の常備菜をいくつか取り出している。

「お前も飲むか？」

「ううん、私はいい」

「そっか」

最初のビールを飲み終えると、ふーっと大きくため息をついた。しばらく晩酌をする兄を黙って見ている。

「なんだよ」

視線に気づいた兄が、私に抗議の目を向けた。

「千紘さんのこと、どうしてここに来させたの」

私の結婚がだめになった時、言葉少なだったけれど、兄は確実に怒っていた。紘基を産むことを、実は最後まで反対していたのも兄だ。だからもし店に千紘さんがやって来たら、間違いなく追い返すだろうと思っていた。

「あいつ、なんて？」

「……やり直したいって。紘基のこともちゃんとしたいから、チャンスが欲しいって言ってた」

「ふうん」

どうでもよさげな態度に、ちょっとだけ腹が立つ。

「お兄ちゃん、怒ってないの？」

「あいつに？　お前こそ怒ってんのか？」

聞き返されて、言葉に詰まる。千紘さんに対して怒っているかと聞かれると、そんなことはない。三年前私が感じていたのは、落胆や諦めだった。ホテルを辞めた後も喪失感が大きくて、しばらくは家に引きこもって何もできなかった。

でも紘基が生まれてからは育てることに毎日が精一杯で、それどころじゃなくなった。時折千紘さんのことを思い出して、悲しくなることはあったけれど、恨んではいない。彼がいたから、紘基もこの世に生まれてきてくれた。

「……怒ってはいない」

「そんならいいじゃん。結婚したってのもただの噂で、間違いだったんだろう?」

二本目のビールを開けて、なんでもなさそうに言う。まるで千紘さんのことを、受け入れているみたいだ。

「よくはないよ。千紘さんとどうこうなろうなんて思ってないし」

「なんで。あいつが紘基の父親なんだろ」

「そうだけど……」

うちの両親を見ていても、家族は揃っていた方がいいなんて言うつもりなんだろうか。兄が思うほど、簡単じゃない。私と千紘さんを隔てる壁は、とてつもなく高いものだ。

「俺さ、別に両親揃っていた方がいいなんて言うつもりないぜ」

兄の言葉にどきっとする。心の中を読まれたのかと思った。

「お前らはうちの親みたいに子供のこと放っておいて自分のことにかまけたり、寂しい思いをさせたりはしないだろ」

「それはそうだけど……」

私が一番大事なのは紘基だし、あの口ぶりであれば、千紘さんも何より紘基のことを一番に考えてくれるはずだ。

「何をためらう必要があるんだよ。三年間ずっとお前のことを捜してくれてて、しかもお前を見かけてその日のうちに店まで探し出して会いに来てくれたんだぞ。それだけお前のことが大事ってことなんじゃないの」

二人の未来を諦めた私とは違い、千紘さんはこの三年間、諦めることなく私のことを捜してくれていた。兄に言われて、改めてその事実が胸を打つ。

「お前、何を諦めてんの？　最初から切り捨てようとしないで、ちゃんと考えてみろよ。一度くらいチャンスをあげたっていいんじゃないのか？」

「うん……」

紘基の実の父親だからと無理を通すこともなく、千紘さんは私に判断を託した。二人の未来を委ねてくれたのだ。

「自分の幸せと紘基の幸せ、ちゃんと考えて、自分で決めろよ。何があっても、俺だけは遥花の味方でいてやるからさ」

「……わかった。ありがとうお兄ちゃん。ちゃんと考えてみる」

「おう」

照れているのだろうか、兄は私から顔を逸らすと、二本目のビールを飲み干した。

4（Side 千紘）

桜舞う、三月の終わり。父との約束を果たし、三年ぶりに帰国した俺は、アヴェニールホテルズの副社長として就任することが決まった。

これで晴れて、遥花を迎えに行けるはずだった。それなのに、アメリカへ渡ってひと月半経った頃、突然遥花と連絡が取れなくなってしまった。

遥花は、俺の恋人だった人だ。いや、三年経った今でも俺にとってはこの世で一番愛しい人であることに変わりはない。

彼女と出会ったのは、もう六年も前になる。

都内の大学を卒業後、俺は父が経営するアヴェニールホテルズに新卒入社した。大学院へ進んだり、海外留学に出る道もあるにはあったが、俺はいずれ自分が継ぐ場所でホテリエとして働く道を選んだ。

いきなり経営者として会社に入るのではなく、まずは現場に出てホテルの仕事を知り、ホテリエとしての喜びや苦労を実際に体験して、その後の会社経営に活かしたいと思ったのだ。

同時に、従業員達が日々どんな思いを抱えながら働いているのか知りたかった。

一見華やかに見えるホテル業界の表と裏。その両方を知り、改革が必要なものはどんどん変えていく。時代に乗り遅れるのではなく、時代を先取りする。そんな経営がしたいと考えていた。

「どういうつもりだ！　お前は自分の立場がわかっているのか」

一般社員として入社して、他の社員同様、数年は現場で働くつもりだと告げた時、社長である父は烈火のごとく怒った。

父の怒りは、ある程度予測はしていた。旧財閥家出身の創業者一族の跡取り息子として生まれた父は、自分の出自を誇りにしている。

将来、会社を継ぐべき存在である実の息子が、従業員と同じ仕事をするというのがどうしても許せなかったのだろう。

「俺にとっては、必要なことなんです。やらせてください」

プライドを捨てて、頭を下げた。何度も衝突したが、説得を続けたおかげで、卒業ぎりぎりになって、ようやく父が折れた。

「現場にいるのは長くても五年だ。それ以降はお前も経営に加わってもらう」

「わかりました」

その後父が口出しすることはなかったが、内心は面白くなかったのだと思う。元々少なかった家庭での会話も、ほとんどなくなった。

最初の一年は、全ての部署を経験した。『できるだけたくさんの現場を見たい』という俺の意向を、総支配人が尊重してくれたのだ。

多くの部署を見て回って、ホテルという強大な組織がどう稼働しているのかを観察することができたと思う。直にお客様に接することで、彼らがホテルに何を求めているのか、どういう場所であってほしいと思っているのか、見えてくるものがいくつもあった。

二年目以降は、自分から希望を出して、宴会や婚礼を担当する料飲部門と客室を管轄する宿泊部門に配属してもらった。

どちらも顧客と直に接することのできる、重要な部署だ。思っていた以上に接客が楽しく、いつか現場を離れる日が来ることを思うと、寂しくなることもあった。

また俺は、自分が会社の跡取りであることを周囲に隠していなかった。最初こそ好奇心で近づく者や逆に煙たがって距離を置こうとする者、なんとか取り入ろうとする者などもいたが、普通の社員として扱ってもらえるよう、周りに溶け込む努力をした。次第に俺を特別扱いをする者はいなくなった。気さくに話してもらえるようになり、現場にいる人達からの不満や要望、貴重な意見を吸い上げる機会も多くあった。

遥花と出会ったのは、俺が入社して三年目、宿泊部フロント課にいた時だ。

『何事にも全力、一生懸命がモットーです。よろしくお願いします！』

配属時の挨拶こそ威勢がよかったが、フロント課に配属になった新入社員の中でも、『大人しくて目立たない子』というのが、遥花の第一印象だった。

数ある職業の中でも、接客業を選んで来ているだけあって、ホテリエにはわりと華やかな雰囲気の子が多い。しかし遥花は、肩下までの髪をいつも一つに束ね、メイクも最低限。休憩時間におしゃべりに興じていることもない。笑顔を浮かべて同僚達の話を聞いている、控えめな印象だった。

そうかと言って、仕事ができないわけではなく、真面目で勉強熱心だし、先輩からの注意やアドバイスも素直に聞く。お客様のことをよく観察しているし、接客時においては積極性もある。ホテリエとしての適性は十分だと思う。

しかし、緊張しやすいのか、笑顔が硬い。お客様から質問されて、言葉に詰まってしまう場面も何度か見受けられた。

その日俺は、たまたま遥花とシフトが一緒になり、チェックイン業務をこなしていた。行楽シーズンに突入したこともあり、ホテルは通常よりかなり混んでいる。

自分の列に並ぶお客様を裁きながら、俺は遥花の様子を窺っていた。緊張でガチガチになりながら、なんとか業務をこなしている。

列が途切れた瞬間を見計らって、俺は遥花に声をかけた。

「日野、いったん深呼吸しようか。そんなに緊張しなくて大丈夫だから」

変に誤解されない程度に、軽く肩を叩く。俺に指摘されて初めて、肩に力が入っていたことがわかったようだった。

「及川チーフ、ありがとうございます！」

少しだけ驚いた顔をしたかと思うと、遥花は俺を見てふわりと微笑んだ。その優しい笑顔に、思わず目を奪われた。

――今思えば、あの時すでに俺は遥花に心を射貫かれていたのだと思う。

それから、何かと遥花のことを気にかけるようになった。

気がつけば、目で追っている。今日も緊張で固まっていやしないかと心配している自分がいる。見かけたらこちらから声をかけ、だんだんと言葉を交わすようになっていった。

新入社員のトレーナー役に誘われた時も、俺は遥花を指名した。

自分があまり器用な方ではないと自覚しているようで、遥花はとにかく一生懸命だった。彼女のひたむきさは、忙しい日々に揉まれ、いつの間にか忘れかけていた初心を俺に取り戻させた。遥花を見ていると、俺も励まされた。

「エグゼクティブチームですか」

「ええ、最後の一年ですからね。それに、あなたには十分その資格があると思います」

アヴェニールホテルズに入社して丸四年。

父との約束の五年目を迎える前に、俺はアヴェニールホテル東京の総支配人室に呼び出された。エグゼクティブチームは、このホテルに宿泊するＶＩＰの接遇を担う部署だ。最高のサービスを提供するため、二十四時間チーム一丸となって対応する。

「ありがとうございます。ぜひやらせてください」

「期待していますよ」

総支配人と固い握手を交わし、部屋を出る。抜擢の理由は、俺がこの会社の後継ぎだからだろう。でも、それだけで任せられるような甘い仕事でもない。大役を命ぜられた喜びを思いっきり噛みしめた。

我に返ったのは、宿泊部のオフィスに戻ってからだ。

「お疲れ様です、及川チーフ」

「ああ、お疲れ……」

遥花の顔を見て、ふと過った。彼女とこうして毎日顔を合わせられるのもあとわずかなのか。そのことに気づくと、なぜか言いようのない焦りを感じた。

「どうかしました？」

心配そうな表情で、遥花が顔を覗き込む。彼女を見ていると、なぜか胸が熱くなる。この腕の中に閉じ込めてしまいたい衝動に駆られ、そんな自分に驚いた。

ようやく、気づく。そうか、俺は彼女に恋をしていたのか。

「……いや、なんでもないんだ。引き継ぎはもうすませた？」

「はい。共有しますか？」

「頼む」

タブレットを片手に、遥花が話し始める。一日の流れを頭に入れて時々相槌を打ちながら、彼女を観察する。

経験を積み、自信をつけた遥花は、以前より背筋もピンと伸び、話しぶりも生き生きとしている。彼女をここまで育てたのは自分なのだと誇らしい気持ちを感じると同時に、俺なしでももう十分やっていける姿に、寂しさも覚える。

この一年の間にメイクの仕方も覚えたらしく、元々整った顔立ちをしていた遥花の美しさを十二分に引き出せている。今の彼女は、誰から見ても魅力的だ。

いつか彼女の隣に、俺以外の誰かが立っているかもしれない。

いや、すでにそうなのかも。先ほど感じた焦りの正体が明確になる。彼女を誰にも渡したくない。

遥花の俺への態度は、いつだって節度を保ったものだ。トレーナーだからといって、必要以上に親しく振る舞ったりはしない。つまり、彼女が俺のことをどう思っているのか、わからない。

それでも、と覚悟を決める。次のセクションに移るまでに、彼女に想いを伝えよう。ただの職場の先輩としか思っていないのだとしたら、彼女に想いを寄せる一人の男として意識してもらえるよう頑張るまでだ。

「以上です。何か気になる点はありますか?」

俺の胸の内など何も知らない遥花が、屈託のない笑みを浮かべる。

「いや、ないよ。ありがとう」

ああ、眩しいなと思いながらも、平静を装った。

告白の機会は、ひと月もしないうちにやって来た。

三月も下旬になり、新年度の人事異動が発表された。今回で、ホテル全体のおよそ三分の一のメンバーが動く。その中に、俺はもちろん、遥花の名前もあった。

入社して一年で動くとは思っていなかったらしく、彼女はかなり動揺していたようだったが、それを俺に話すことはなかった。

「エグゼクティブチームって、会社に認められた人だけが行ける部署ですよね。さすが及川チーフ、おめでとうございます！」

「うん、ありがとう」

彼女は自分のことのように俺の昇進を喜んでくれた。

「日野も異動だな。料飲部には俺の同期もいるから今度紹介するよ」

「ありがとうございます。心強いです」

不安もあるだろうに、おくびにも出さずににこにこしている。その前向きさを好ましいと思うと同時に、不安や心配事を打ち明けてくれたらいいのにとも思う。弱さを見せられるほど、実は俺に心を開いていなかったのだろうか。落ち込んだりもしたが、彼女に告白しようという気持ちは揺らがなかった。

送別会の日は遅番で、会場に着いたのは終了時刻ぎりぎりだった。遥花は会場の隅の方で、同僚の中本と話している。

「あっ、及川チーフやっと来た。お疲れ様です！」

「……遅くなって悪い。間に合った？」

「チーフ、こっちで一緒に飲みましょうよ」

遥花の元へ向かおうとしたが、後輩達に捕まってしまった。

飲んでいると入れ替わり立ち代わり人が来て、なかなか遥花のところへ行けない。彼女も遠慮しているのか、俺のところに来ることはなかった。

あっという間に終了の時刻になり、二次会へ向かう流れになる。店の外で遥花の姿を探すが見当たらない。さっきまで遥花と話していた中本の姿が見えたので、声をかけた。

「中本、日野は？」

「遥花なら、明日日勤だからってもう帰りましたよ」

「わかった。ありがとう」

グループから離れ、彼女と交換していた連絡先に電話をかける。数コール呼び出した後、遥花が出た。

『もしもし』

「日野、今どこにいる？」

要件も言わず、居場所を聞く。

『地下鉄の入り口です。コーヒーショップ前の』

少し戸惑ったような遥花の声が聞こえた。

「わかった。ちょっとそこで待ってて」

そう言って通話をオフにすると、とにかく走った。

今までは、出勤したら当たり前のように会えた。彼女の隣にいて、俺の好きな笑顔を見ていられた。

でも、一度離れてしまえば、人は簡単にすれ違える。顔を見る機会も減って、話すこともなくなって、きっと彼女は俺のことも思い出さなくなる。

そんなのは、嫌だ。

「日野！」

地下鉄の入り口で、ちょっと不安そうな顔で立っている遥花を見つけた。声をかけて走りよる。

「及川チーフ、お疲れ様です」

さっきまでの不安げな顔が、俺を見てぱっと明るくほころんだ。今は俺に心を開いてくれている。そう思うだけで、胸が熱くなる。

「ごめんな、帰ろうとしてたとこなのに」

「電車ならまだあるんで大丈夫です。チーフこそ、二次会に行ったんじゃなかったんですか？」

「いや、断ったよ。俺にはまだやらなきゃいけないことがあるから」

「なんですか、やらなきゃいけないことって」

こんなふうに追いかけて来られたら気づきそうなものなのに。彼女にとって、やはり俺はそういう対象ではないのかもしれない。それなら意識してもらえるよう接するまでだ。

場所を変え、知り合いがやっているバーに遥花を連れて行った。奥のテーブル席に案内してもらい、乾杯する。

「及川チーフ、一年間本当にありがとうございました」

「……寂しくなるな」

彼女の顔を見ていたら、つい本音がこぼれた。

「えっ？」

俺がそんなふうに感じているなんて、思いもしなかったのだろう。遥花は驚いた顔で俺を見ている。しばらくして、彼女の顔がくしゃりと歪む。今度は、俺の方が驚く番だった。

「私も……寂しいし、本当は不安です。ずっとチーフの元でやってきたのに、今度は新しい場所で一人でやっていくなんて」

「日野……」

初めて、彼女が弱音を吐いた。いつも、どんな時でも笑顔で『大丈夫です』という遥花が、初めて……。

「でも、一日でも早く一人前になれるよう頑張ります。トレーナーだった及川チーフに恥をかかせるようなことはしません！」

涙をこぼすのではないかと思ったが、遥花はこらえ、気丈にそんなことを言う。

ああ、俺が好きになった子は、やっぱり素敵な女性だ。俺の手なんて借りずに、自分自身の力で大きく羽ばたこうとしている。

「ほんっとに日野には敵わないな」

思わず、笑みがこぼれた。

「日野ならどこに行っても大丈夫だよ。ちょっと緊張しやすいところはあるけど案外タフだし、打てば響くっていうか、飲み込みも早くて教え甲斐があるし。何よりいつも一生懸命だし」

「それしか、取り柄ないですから」

「そんなことない。全部日野が努力して、身につけてきたものだよ。日野を見ていて、実は俺の方が励まされてた」

遥花と、視線がかち合う。彼女に見つめられると、体が熱を帯びる。愛しさで胸がいっぱいになっていく。

「日野は一人でも立派にやっていける子だけど、絶対に一人にはしないよ。異動しても、俺を頼ってよ」

俺にここまで言わせるのは、遥花だけだ。でも彼女には、もっと言葉を尽くさないときっと伝わらない。覚悟を決め、口を開く。

「やらなきゃならないことがあるって言ったろ。俺は、日野に告白をしに来たんだ」

「……えっ？」

遥花は驚いて、大きな目を丸くする。その表情が可愛くて、くすりと笑いが漏れる。

「日野のことが好きだ。これからは先輩後輩じゃなく、恋人になってほしい」

驚いているということは、やはり彼女は俺のことをそういう対象に見ていなかったということだ。もし拒否の言葉を返されたら……。これからは意識してもらえるように頑張るなんて考えていたけれど、くじけてしまいそうだ。

俺にはこんな弱さもあったのかと、今さらながら驚く。しかし、遥花の返事は俺が望んでいたものだった。

「私も、及川チーフのことがずっと好きでした。こんな私でもよかったら、恋人にしてください」

「……よかった」

思わず漏れ出たため息と共に、ようやく緊張が解けた。

交際は順調だった。俺はとにかく、自分が考え得る全ての方法を使って遥花を大事にした。初めは戸惑っていた彼女も、俺のストレートな愛情表現を少しずつ受け入れてくれるようになった。

ただ一つ不満があるとすれば、二人の交際を周囲には秘密にしていたことだ。

「どうしても秘密にしないとだめかな？　俺は今すぐにでもみんなに言って回りたいくらいなのに」

別に職場恋愛が禁じられているわけではない。遥花は、ホテルの後継者である俺と恋愛関係にあることで、周囲から気を遣われることを気にしているようだった。

「千紘さんに恋人ができたって知れたら、絶対に騒ぎになります。千紘さんの仕事がやりにくくなるようなことは避けたいんです。それに……」

「それに？」

珍しく遥花が言い淀む。何度も催促して、ようやく口を開いた。

「わかってると思いますけど、千紘さんってすごく人気があるんですよ。私なんかが千紘さんの彼女だって知られたら、きっと告白してくる人がたくさん出てきます」

「俺にはもう遥花がいるのに？」

「私だからですよ。……私みたいに取り立てて目立つところのない子より、自分の方がずっと千紘さんに相応しいって思う人は、きっとたくさんいます」

驚いた。遥花はとんでもなく自分の価値を低く見ている。……俺はこんなにも、彼女に溺れているというのに。

「遥花のいつでも一生懸命なところが好きだよ。先輩友人問わず、人からのアドバイスをきちんと聞ける素直なところも好きだ」

「……千紘さん？」

遥花の好きなところなら、無限に挙げられる。突然羅列し出した俺を見て、目を丸くしている。

「それから……箸の使い方が綺麗。苦手なものでも、勧められたらとりあえず目をつむって食べてみるところも可愛い。たまに寝言を言うところも、人混みで俺を見つけてふわって笑ってくれるところも好きだ」

「もう、もうわかりましたから」

こうやって、すぐに耳まで真っ赤になるところも可愛い。できれば俺以外には、見せてほしくないけれど。

「俺は、遥花しか欲しくないんだよ。他の人なんて、目にも入らない」

本当にそうなのだ。たとえどんなに美しく着飾った女性が目の前に現れても、色っぽく迫られたとしても、遥花にしか目がいかない。彼女以外、いらない。

「だからさ、余計な心配なんてしないで」

「……はい」

「付き合ってること、話してもいいよね？」

「……それはだめです」

意外と頑固なところもあると知ったのは、付き合い出してからだ。俺からすればそんなところも、ギャップがあって可愛い、としか思えないのだけれど。

「……仕方がない。遥花の言う通りにするよ」

結局、俺に折れる以外の道はないのだ。

俺と遥花は二年近く交際を重ね、結婚の二文字を意識するようになった。

付き合い始めて二年目のクリスマス。遥花の二十五歳の誕生日に、俺はプロポーズをした。

遥花も目に涙を浮かべ、頷いてくれた。全ては順風満帆で、このまま何もかもうまくいくと思っていた。

「結婚？　何を寝ぼけたことを言っているんだ」

父に反対されたのは、まあ想定のうちだった。ただでさえ俺と父は折り合いが悪い。遥花との結婚を一度は反対されても、説得を続けるうちにきっと折れるはずだ。

いきなり経営に携わるポジションに就くのではなく、一般社員として入社することを俺が望んだ時もそうだった。反対はされたが、何度も説得するうちに父も受け入れた。だから今回も、同様に認めてもらえると思っていたのに、父はとうとう首を縦に振らなかった。

そうこうするうちに提示されたのが、俺のアメリカ行きだ。しかも系列のホテルの経営立て直しが条件。三年以内に達成できれば、遥花との結婚を認める。クリアするまでは、帰国することは許さないとなかなか厳しい条件だった。

しかし俺に、受けないという選択肢はない。

「アメリカに行って、必ず再建してみせます。その時は、彼女との結婚を認めてください ね」

「ああ、もちろんだ」

しかしそれは、俺をアメリカに行かせるための、父の嘘だった。

「こちらでご友人と人材派遣の会社を興されて、成功していらっしゃいます。親交を深めておいて損はないかと」

「どういうことだ?」

秘書の吉野《よしの》から、着任早々言い渡された仕事は、現地で事業を展開している国会議員の娘との会食だった。はるばる海を越えさせて、結局やらせたかったのは見合いかと吐き捨てる俺を、吉野は苦々しい顔で見ていた。

しかも出張で訪れたニューヨークでセッティングされ、きっちりスケジュールに組み込まれていた。他の仕事を理由に逃げることもできない。

「及川社長のご判断です。どうか……」

吉野はアヴェニールホテルズの東京本社で市場分析や商品開発をしていたエースだ。いずれは本社に戻る吉野の立場を考えると、無下にもできない。

仕方なく会食には応じた。しかし、それは相手も同じようだった。

日本に婚約者がいるため、見合いの話を進めることはできないと、俺は正直に話した。すると彼女も、すでにアメリカ人のパートナーがいるにもかかわらず、父親に認めてもらえずいるのだと教えてくれた。

海を越え、はるばるアメリカまで来てようやく親の干渉から逃れることができたと思ったのに、自分には自由がないとこぼす彼女に、俺は共感せざるを得なかった。

異変に気づいたのは、遥花といきなり連絡が取れなくなったことがきっかけだ。

吉野らしくない不注意でスマホを壊された俺は、すぐに新しい機種を手配した。翌日手元に届いたスマホで彼女にメッセージを送ろうとしたができなかった。それどころか電話も通じない。

東京に問い合わせた時は、すでに彼女は病気を理由に退職した後だった。

体調を崩していたなんて知らなかった。黙っていなくなるなんて、遥花らしくない。

全てを投げ打って日本に帰りたいと何度も思ったが、ホテル再建のためのプロジェクトはすでに動き出している。いきなり来た日本人に何ができる、と突き放す連中も多かったが、一握りではあるが、俺に期待してくれている従業員達もいる。彼らのことを放って、日本に帰ることはできなかった。

俺は、仕事の合間を縫って、あらゆる手段を使い彼女を捜した。

病気理由の退職だったこともあり、各地の病院も探させた。見つかったかもしれないと情報をもらうこともあったが、全てが空振りだった。

……最悪の事態も想像した。弱気になる心を奮い立たせ、俺は捜索の範囲をどんどん広げさせた。

どうやらこれまで偽の情報に踊らされていたようだと気がついた時は、アメリカに来て二年近く経っていた。信頼していた吉野と父が裏で通じ、俺の邪魔をしていたのだ。発覚した時は、さすがに声を荒らげた。

俺は一刻も早く帰国することに決め、遥花の捜索はいったん置いて、ホテルの立て直しに力を注いだ。

日本に帰って、必ず彼女を捜し出す。その一心だった。


帰国してすぐ、偶然遥花の姿を見かけた時は、夢でも見ているのかと思った。それか、彼女を想うあまり幻覚でも見てるのかと。

「遥花、だよね？」

俺が彼女を見間違うはずなどないのに、どうしても本人の口からそうだと聞きたくて声をかけた。

「……人違いです」

しかし返ってきたのは、否定の言葉だった。どうして俺に嘘をつかなくてはならないのか。

すでに誰かと一緒にいるのなら、そう言ってくれて構わないのに。今遥花が幸せなのなら、悲しいけれど、それでもいいと思っていた。

しかし俺の知る遥花なら、『もう他に大切な人がいるから』とはっきり言ってくれるはず。真面目で誠実な彼女が、きちんと詫びもせず、俺の前から逃げるようにして去っていったのも、何か理由がありそうだと思った。

車に書いてあった店の名前を調べ、俺はその日のうちに遥花に会いに行った。出先から店に戻った彼女は、驚いたことに小さな男の子を連れていた。

俺の姿を見るなり、遥花は押し黙ってしまった。男の子が無邪気に話しかけてくる。

「おにいちゃん、だぁれ？　おきゃくさん？」

不思議そうな顔で、俺を見ている。腰を下ろして男の子と目線を合わせ、返事をする。

「こんにちは。僕は及川千紘っていうんだ。……君は？」

「こんにちは。ぼくはひののひろきです」

「ひろ……き？」

男の子の名前に、自分と同じ文字があることに動揺する。

ひょっとしたらこの子は……。しかし、店主の男性のことが気にかかる。彼が、ただの遥花の雇い主ではない可能性だって十分あるのだ。

はっきりさせようと、遥花に視線を移す。彼女は気まずそうな表情を浮かべると、俺から視線を反らした。

「紘基くんの後ろにいるのは、君のママ？」

「うん」

「それじゃあパパは？」

「ひろくんにパパはいないよ」

いない、ということは、少なくとも店主は父親ではないということだ。それならば、この子の父親は……。

答えを求めて、再び遥花に視線を送る。俺もだが、彼女もかなり動揺しているのが見て取れた。

「遥花、この子は……」

俺の言葉は、突然割って入った店主に遮られた。彼は遥花のお兄さんだという。お兄さんが促してくれたおかげで、俺は遥花と話すことができた。紘基が俺の子供であるということも、遥花が教えてくれた。

遥花の失踪には、父が関わっていた。『俺がアメリカで結婚した』と嘘の情報を流したのだ。遥花はそれ以上のことは言おうとしないが、他にも何かある気がした。きっとそれにも父が関係している。

父のことはおいおい聞き出すことにして、まずは遥花の信頼を取り戻すことが先だ。そしてすぐにでも紘基のことも認知して、失った三人の時間を取り戻したい。

やり直したいと言う俺を、遥花は父の反対を理由に拒んだ。

「親父のことは関係ない。俺は今でも君とずっと一緒にいたいんだ。その気持ちは変わらない。会社のことだって、親父の好きにはさせないよ」

どうにかわかってほしくて、言葉を尽くす。最大限心を込めて、ずっと一人で頑張ってくれた彼女に伝わるように。

「それに、紘基のこともちゃんとしたい。だから俺にチャンスをくれないか」

「……チャンス？」

「ああ」

「また遥花が俺に心を開いてくれるまで頑張るよ。俺は決して、君を諦めない」

宣言する俺を、遥花はどこか不安そうに見ていた。

5

宣言した通り、千紘さんは頻繁に私達の前に顔を出すようになった。

「こんにちは、お弁当まだあるかな？」

「千紘さん！」

帰国後はアヴェニールホテルズの副社長として、忙しくしていると聞いた。それなのに、たまにふらりとやって来てはお弁当を買っていく。出張に行っていたと言っては、空港からの帰り道に我が家に立ち寄って、私と紘基にお土産を持ってきたりもする。時間があればうちに上がってお茶を飲んだり、紘基と遊んでくれたりするので、紘基もすっかり彼に懐いてしまった。

「今日はミックスフライとタコライスかあ。どっちも美味しそうだね」

「男性には圧倒的にミックスフライが人気です」

「やっぱりそうだよね。お腹が空いてるし、俺もそっちをいただくよ」

私が帰宅した後の夜の営業時間に、一人で店に顔を出したこともあるのだという。

兄から「今日千紘さんが来たぞ」と聞かされた時は驚いた。

「今日はここで食べていっていい？　次の予定まで時間が空くんだ」

販売車の前に出してあるテーブルを指さして言う。

「それは、構いませんけど……」

副社長が、こんなところで昼食を？　お弁当を買ってくれるだけでも驚きなのに、いいのだろうか。戸惑う私をよそに、彼は機嫌よくお弁当を開ける。

「美味そうだな」

一瞬口角を上げ、箸をつける。お腹が減っていると言っていたのは本当だったようで、彼は旺盛な食欲を見せた。

「千紘さん、コーヒーいかがですか？」

食べ終えた頃を見計らって、コーヒーを持っていく。

「ここで食事をした方にサービスしてるんです」

「いいの？　ありがとう」

「熱いから気をつけてくださいね」

カップを手渡すと、彼はふわっと表情を緩ませた。こんなに寛《くつろ》いだ表情を見るのは久しぶりで、懐かしさが込み上げる。

「お忙しいんですか？」

「そうだね。副社長に就任してまだそんなに経ってないから挨拶回りもあるし、社内でもやることは山積みだし」

苦笑いを浮かべふうっとため息を吐く。気を張って仕事をしてることが見ていてわかる。

「……本当は無理してるんじゃないですか？」

私の問いに、彼は一瞬眉根を寄せた。

「それは、俺がここまでお弁当を買いに来たり、君や紘基に会いに来ること指してる？」

本社はここから車で三十分以上離れたところにあるし、いくらこの辺りがオフィス街だからと言って、そう頻繁に訪れる必要があるとは思えない。

「それもありますけど、うちのお弁当が本当に千紘さんのお口に合ってるのかなって」

考えてみれば、彼は大企業の御曹司だ。こんな庶民派のお弁当ばかり食べていて、物足りなく感じないのだろうか。

「無理なんてしてない。俺は遥花や紘基に会いたいからそうしてるし、お弁当だって本当に美味いと思ってるよ。遥花は世の経営者は毎日高級レストランで食事してるって思ってるの？」

「……そんなことはないですけど」

心の中を覗かれたようで居心地が悪くなる。本当は少しだけ想像していた。住まい代わりにしているホテルの一室で、ルームサービスで頼んだ朝食を食べる千紘さんの姿を。

「確かに会食なんかでそういうところに行く機会は増えたけど、三年前と大して変わらないよ。一人の時はコンビニにも行くし、なんなら今でも自炊だってする。俺が作るチーズオムレツ、遥花の好物だったでしょ」

「……覚えてるんですか？」

「忘れるわけないよ」

彼の恋人だった頃、たまに手料理を振る舞ってくれることがあった。器用でなんでもできる人だから、レシピを見れば、大抵のものは再現できてしまう。特に彼が得意にしていたチーズオムレツは私の大好物だった。

「懐かしいです」

千紘さんのマンションに泊まった翌朝は、いつも作ってくれた。火の通り具合が絶妙で、柔らかく揺れるオムレツにナイフを入れると、包んでいたチーズがとろりと溶け出す。見せてくれるたび、私は感嘆の声を上げた。そんな私を、彼は世にも優しい顔で見ていた。

「前よりずっと上手になってると思うよ。また遥花にも食べてもらいたいな。それと、紘基にも」

あの頃のように優しい笑顔で、そんなことを言う。胸がいっぱいになって、何も言えなくなってしまう。

私の心に、無理に立ち入るようなことはしない。でも千紘さんは、こうして顔を合わせるたび、私にあの頃の気持ちを思い出させる。揺さぶられる。

「さて、そろそろ行こうかな」

千紘さんはテーブルを軽く片づけて立ち上がると、どこかへ電話をかけた。車を呼んでいるのだろう。出かける時は電車を利用していたあの頃とは、もう違う。

「遥花、あのさ」

「はい？」

「君さえよかったらなんだけど、今度、紘基と三人で出かけないか？」

「出かけるって、どこへですか？」

「動物園とか遊園地とか、紘基が行きたがってるところない？」

千紘さんは、三人で親子としての時間を過ごそうと言っているのだ。父親はいらないと言った手前、どうしたらいいか悩んでしまう。

「今まで寂しい思いをさせてしまった分、これからは紘基との時間も大切にしたいんだ。だめかな？」

少しだけ緊張を滲ませて、千紘さんが尋ねる。

身ごもったことを知らせなかったのも、紘基を産んで育てる決心をしたことも、全部私が勝手にしたことなのに。千紘さんは私を責めるどころか、紘基の父親であろうとする。私に彼を止める権利はないのだ。

「紘基にも聞いてみてもいいですか？」

何度か顔を合わせて、紘基も千紘さんに懐いてきているとはいっても、一日中一緒にいるとなるとまた話は別だ。最近顔を覚えたばかりの人との外出が、紘基のストレスにならないとも限らない。

「もちろんだよ。紘基が嫌がるようならやめておこう」

「ありがとうございます」

千紘さんはちゃんと紘基の気持ちを尊重してくれる。そのことにほっとした。

「連絡を待ってるよ。そろそろ行かなきゃ」

車が近くまで来たのだろう。スマホを確認すると、千紘さんは席を立った。

「ごちそうさま、また来るよ」

「ありがとうございました」

立ち去る彼を、黙って見送る。途中振り返って、私がまだ見ていることに気づくと、千紘さんは嬉しそうに微笑んで手を振った。


仕事を終えて帰宅し、夕食後にリビングで寛いでいる紘基に、千紘さんから誘われたことを話してみた。

「おにいちゃん？」

「たまにお土産とか持って会いに来てくれるでしょう？」

「ちひろさん？」

私の真似をして、紘基が彼の名前を呼ぶ。やはり紘基は、千紘さんのことをしっかり認識していた。

「紘くんとママと三人でお出かけしたいんだって。紘くんはどこか行きたいところある？」

「うーんとね」

紘基は口元に人差し指を当て、考え込むような仕草を見せると、「ひろくんライオンさんがいい！」と言ってぱっと顔を明るくした。

「ライオンさんかあ。それじゃあ動物園だね」

「どうぶつえん？」

そういえば、時間的にも金銭的にもなかなか余裕がなくて、紘基をまだ動物園に連れて行ったことはなかった。保育園の親子遠足でも、せいぜい近くの児童公園に行くくらいで、バスに乗って遠くまで出かけるようなことはまだない。

「ライオンさんだけじゃなくて、他にもたくさんいるよ」

「きりんさんは？」

「いると思う」

「ぞうさんは？」

「みんないるよ」

「やったあ！」

はしゃぐ紘基を横目に、千紘さんにメッセージを送る。次の日曜日に三人で出かけることになった。

五月の連休の最終日である日曜日。紘基と一緒に作ったてるてる坊主が効いたのか、気持ちのいい晴天に恵まれた。

動物園までは、千紘さんの車で行くことになった。いつの間に用意したのか、白い国産のSUVの後部座席にチャイルドシートがセットされている。

「今日のために用意してくれたんですか？」

「いずれ乗せることになるだろうと思って、買っておいたんだ」

紘基のためにレンタルしてくれたのかと思ったけれど、わざわざ購入してくれたという。最初は、紘基も普段使うことのないチャイルドシートを嫌がった。

「これは紘基だけの特別な椅子なんだよ。使ってくれたら嬉しいな」

『自分だけの特別』という言葉が、紘基の心を掴んだらしい。千紘さんの説得が功を奏し、なんとか出発することができた。

「紘基は何が見たいの？」

「あのね、ひろくんはライオンさんみたいの」

私の前を、千紘さんと紘基が並んで歩いている。いざとなったら、人見知りをして私から離れないいんじゃないかとも思ったけれど、余計な心配だった。

「紘基疲れてない？　抱っこしようか」

「だいじょうぶ」

「じゃあ迷子にならないように手を繋ごうか」

「いいよ！」

並んでいると、千紘さんと紘基は本当によく似ている。さらさらの黒髪も切れ長で涼やかな目もそっくりだ。

仲良く手を繋いで歩く二人の後ろ姿を見て、なんだか不思議な気持ちになる。前回、三人でご飯を食べた時もそうだった。こんな日は、来ないはずだった。自分から手放した未来が、今目の前で現実になっている。

「ママも！」

振り返った紘基が、私に向かって手を伸ばす。私はおずおずと紘基の手を握った。きっと傍から見たら、幸せな家族そのものだろう。

そっと横を窺い見ると、千紘さんと目が合った。いまだに戸惑ってしまう私に反して、千紘さんは喜びを隠そうとせず、口元をほころばせている。

ライオン舎ではつがいのライオンが優雅に寝そべっていた。

「ライオンさんおおきいねぇ」

檻の中にいるとはいえ、テレビや図鑑でしか見たことのないライオンを目の前にして、紘基はいつも以上に興奮していた。「すごいね、かっこいいね」と何度も繰り返している。

「紘くん、もうちょっと小さい声で話そうか。ライオンさんせっかくお昼寝してるのに、びっくりして起きちゃうよ」

「だいじょうぶだよ。だってライオンあっちにいるもん！」

ひときわ大きな声で紘基が言い返す。それまで寝そべって目を閉じていた雄ライオンが、たまたまタイミングよく口を大きく開けて咆哮《ほうこう》した。長い舌が覗き、鋭い四本の牙が剝き出しになる。

「うっ、うわぁーん！」

牙を剝いたライオンに圧倒されたのか、紘基は一瞬目をまん丸にしたかと思うと、突然泣き出した。

「う……ぐすっ。ライオンさん、こわいよ～」

「泣かないで紘基。ライオンさんもちょっとびっくりしただけだから」

なんとかして落ち着けようとするけれど、簡単には泣き止みそうにない。

「紘基、おいで」

隣にいた千紘さんが手を伸ばすと、紘基は迷う様子もなく彼の首にぎゅっとしがみついた。

「ひろくんライオンさんにたべられちゃう？」

「大丈夫だよ。ライオンさんは檻の中から出てこれないんだ。紘基のところには来ないよ」

「ほんとう？」

「本当だよ。もし出てきても、俺がライオンさんから守ってやる」

「おにいちゃんつよいの？」

「紘基のためならライオンくらいやっつけられるよ」

「……おにいちゃんかっこいい！」

千紘さんのことを自分を守ってくれるヒーローとでも思ったのかもしれない。いつの間にか紘基は泣き止んでいて、きらきらと目を輝かせて彼のことを見ていた。

「千紘さん、ありがとうございます」

「ちょっと見栄張っちゃったけどね」

そう言って彼はぺろりと舌を出した。

お昼が近づくにつれ、気温が上がってきている。人一倍元気な紘基も、ちょっと疲れているように見える。

「千紘さん、そろそろお昼にしましょうか」

「そうだね。何食べようか？」

「あ、私お弁当作ってきたんです」

「え？」

どうしたのか、突然千紘さんが立ち止まった。

「ひょっとして、何か食べたいものがありました？」

この動物園はフードショップが数軒あって、動物にちなんだ可愛いメニューも揃っている。紘基を喜ばせるために何か考えていたのだとしたら申し訳なかったなと思ったのだけれど。

「いや、そうじゃなくて……」

そこまで言うと、千紘さんは口元を手で押さえた。どうしたのだろう。ほんの少し顔が赤くなっている気がする。

「俺のわがままで付き合わせてるのに、まさかお弁当まで作ってくれるなんて思わなかったから嬉しくて」

恥ずかしそうに話すのを見て、彼が照れているのだとわかった。

「わがままだなんて。今日は誘ってもらってよかったです。紘基も楽しそうだし」

週末は溜まった家事をこなすのに精一杯で、買い物がてら近くの公園で紘基を遊ばせるくらい。家事育児と仕事に追われ、紘基が生まれてからは、なかなか遠出する機会も余裕もなかった。動物園だって、いつか連れてきてあげたいとは思っていたけれど、思うばかりで実行できずにいた。

誘われた時は迷ったけれど、今はこうして連れ出してもらってよかったと心から思っている。

「お弁当は、今日連れてきてくださったことへのお礼です」

「ありがたくいただくことにするよ。紘基、ママが作ったお弁当食べよう！」

「わーい、おべんとう！」

紘基は千紘さんから降りると、はしゃいで人混みの中へ走り出した。

「紘基！」

「紘くん待って、危ないよ！」

私より先に、千紘さんが駆け出す。紘基は前を歩いていた中年の女性にぶつかって転んでしまった。

「う……わぁぁん！」

「紘基、大丈夫か？」

千紘さんが紘基を抱き上げる。追いついた私も、紘基が怪我をしてないことを確認して、ぶつかってしまった女性に謝った。

「申し訳ありません。お怪我はないですか？」

「なんともないわ。私の方こそぼーっとしていてごめんなさい」

「いえ、うちの子が急に走り出したのが悪いので……」

百パーセント紘基に非があるのに、逆に謝ってくれる。申し訳なくて何度も頭を下げた。千紘さんの腕の中で、紘基はまだぐすぐす言っている。

「びっくりさせちゃったわね。人が多くて危ないから、パパとママと一緒にいてね」

紘基の頭を優しく撫でると、女性は会釈をして去っていった。

「ぱぱ？」

紘基は首を傾けて、不思議そうな顔をしている。そしてちらりと、千紘さんを見上げた。私と千紘さんは一瞬顔を見合わせ、お互いに気まずくなって視線を逸らした。

午前中はしゃぎすぎたのか、紘基はお弁当を食べると眠ってしまった。二歳児の体力では、そろそろ限界だったのだろう。

「当分起きそうにないね。ここを片づけたら帰ろうか」

「すみません、全部回りきれてないのに」

「紘基とも仲良くなれたし、十分楽しかったよ」

あどけない顔でぐっすりと寝入っている紘基の頭を撫でる。千紘さんの表情は、もうすっかり父親のそれで、息子の存在を知って数日の人だとは思えない。

このまま、紘基に千紘さんの正体を伝えずにいることが本当に正しいことなのだろうか。私の中でも、早速迷いが生まれてしまっている。今はまだ誤魔化せても、紘基もそのうち千紘さんの存在を疑問に思うようになるだろう。

「千紘さん、さっきのことなんですけど……」

先ほど、紘基が女性とぶつかった時の様子を話すと、千紘さんは「ああ」と頷いた。

「俺が父親だと紘基に明かしてないことを、遥花は気にしてくれてるの？」

女性に『ママとパパ』と言われて紘基が混乱していたことに、千紘さんも気づいていたようだった。眠る紘基の頭を優しく撫でながら、千紘さんは話を続ける。

「できるなら紘基にも、俺が父親だって名乗り出たい。でも無理強いするつもりはないよ。遥花が伝える決心がついてからでいい。俺は焦ってないから」

紘基から視線が離れ、私を見つめる。

「遥花が俺とやり直すことをためらっている理由って、やっぱり父のこと？」

「それは……」

全てを伝えてしまうと、千紘さんと社長の亀裂が決定的なものになってしまいそうで、本当のことを言うのが怖い。

「ひどいことを言われたんだろう？　想像つくよ。あの人は仕事のことになると冷徹そのものだから」

確かに、もう三年経ったというのに、私は社長から言われた言葉の数々が忘れられないでいる。

「つらい思いをさせてごめん。紘基のことも、遥花だけに負担を負わせて本当に申し訳なかったと思ってる」

「もう謝らないでください。確かに大変だったけれど、紘基の存在があったから、私はこの三年間やってこれたんです。紘基は何物にも代えられない私の宝物です」

「それは俺も同じだよ。それに、遥花のことだってそうだ。俺はこの世で一番君のことが大切なんだ」

私の手をぎゅっと握る。千紘さんの気持ちが痛いほど伝わってきて胸が苦しくなる。

「親父のことなら、必ずなんとかする。だから俺を信じて」

その場で頷けたならよかったのだけれど。今の私には曖昧に返事を濁すことしかできなかった。

翌日。紘基を保育園に迎えに行って店に戻ると、お客様が来ていた。片桐真由美《かたぎりまゆみ》さんと言って、都内にアンティークショップを複数展開している会社の社長さんだ。

「真由美さん、いらしてたんですね」

「遥花ちゃん久しぶり。紘くんもおかえりなさい。保育園は楽しかった？」

紘基と同じ目線にかがんで、頭を撫でてくれる。年齢はたぶん、私達の母親くらい。社長さんといっても偉ぶったところもなく、気さくで豪快なところもある真由美さんがいると、場の雰囲気がとても明るくなる。気づけばいつも、お客さん達の中心にいる。そんな人だ。

「二週間ほど仕事でフランスに行ってたの。今日はお土産を持ってきたのよ」

カウンターに置いた紙袋の中から、たくさんの食材が覗いている。それから、兄が好きなワインも。

「こんなにたくさん。いつもありがとうございます」

真由美さんは、実はこのお店のオーナーでもある。兄が修業していたフランスのレストランにお客さんとして来ていて、その場で意気投合したらしい。帰国後、自分の店を開くつもりだという兄に、真由美さんの方から支援を申し出てくれた。それだけ兄の実力を買ってくれているのだと思う。

「あら、紘くんまた少し背が伸びた？」

「おおきくなったよ。ね、ママ」

私の顔をちらりと見て、紘基が胸を張る。そんな紘基を見て、真由美さんは目尻を下げる。

「紘くんってば本当に可愛いわね。はい、これはお土産よ」

紘基の手を取って、手のひらの上に何かを握らせた。

「わあ、このぶっぶ、かっこいい！」

紘基の小さな手のひらの上に、ミニカーが載っている。少し前に、紘基がミニカーに夢中になっていることを話したことがある。それを覚えていてくれたのだろう。

「ひろくんこれだいすき！」

紘基は初めて見る外車のミニカーに目を輝かせている。

「喜んでもらえてよかったわ。他にお菓子もあるから、ママと一緒に食べてね」

「ありがとうございます、紘基にまで」

「いいのよ。たまには子供のものを見るのも楽しかったわ」

そう言って、目を細める。

疎遠になってしまった両親と、今でも普通に家族として付き合えていたなら、真由美さんのように紘基を可愛がってくれただろうか。

似ているわけでもないのに、真由美さんに母の姿を重ねてしまう。

……千紘さんのことを母に話したら、なんて言うだろう。難しいことばかり考えないで、彼の胸に飛び込みなさいと言う？　それとも、苦労するとわかっていて結婚を選ぶなんて愚かなことだと切り捨てる？　母とはもう何年もまともに話していない。

母が親身になって私の相談に乗ってくれる姿なんてどうしても思いつかない。誰かに話せたら、少しはこの心も軽くなるのだろうか。

「遥花ちゃんどうかした？　なんだか元気ないみたい」

「そんなことないですよ。真由美さん、今日はお食事していかれるんですか？」

お客様に悩んでる顔を見せてしまった。反省して、真由美さんに明るい声で話しかける。

「お席が空いてるならお願いしたいのだけど」

「大丈夫ですよ。すぐにご用意します」

兄が厨房から顔を出す。開店時間はもうすぐだ。

「お店の邪魔になる前に、紘基を連れて帰りますね。真由美さん、ありがとうございました」

「待って、遥花ちゃん」

荷物をまとめる私を、真由美さんが呼び止める。さっと近づいて、私の手に何かを握らせた。

「これ、私のプライベートの番号。何かあったらいつでも電話して」

真由美さんの名刺の裏に、携帯の番号とメッセージアプリのＩＤが書いてある。仕事用の番号は私も兄も知っているけれど、プライベートのものを渡されたのは初めてだ。

「いいんですか？」

「もちろんよ。省吾くんは頼りになるお兄さんだけど、女同士でしか話せないこともあるでしょう」

「ありがとうございます……」

私は名刺を受け取ると、大切にバッグの中に仕舞い込んだ。

家に帰って食事やお風呂をすませた後も、紘基は真由美さんからもらったミニカーを片時も離さずに遊んでいた。布団に入った後も握りしめたままで、そのまま眠ってしまった。その姿があまりに可愛くて、紘基を起こさないように気をつけながら写真に収める。起きて遊んでいる時に撮った写真と一緒に真由美さんへメッセージを送った。一瞬だけ迷って、千紘さんにも同じ写真を送った。

『気に入ってくれて嬉しい！』

間を空けずに、真由美さんから返事が来た。もう一度お礼を言うと、可愛らしい猫のスタンプが返ってきて思わず微笑む。

「ただいま。まだ起きてたのか」

仕事を終え、兄が帰って来た。

「お兄ちゃんおかえりなさい。ね、これ見て」

さっきまでの真由美さんとのやりとりを、兄に見せる。兄はふっと微笑むと、「真由美さんらしい簡潔さだな」と呟いた。いつものごとく冷蔵庫からビールを取ろうとして、「そうだ」と手を止める。

「真由美さん、お前のこと心配してたぞ」

「えっ、何か言ってた？」

「別に。元気ないみたいだけど、疲れてるんじゃない？　とかそんな感じ」

「そっか……」

兄にまで言うなんて、よっぽど顔に出ていたのだろう。真由美さんにまで心配をかけるなんて、やっぱりよくない。

「どうせあいつのこと悩んでるんだろ」

「まさか、真由美さんにも話したの？」

「いや、何も」

と即答される。まあ、そうだろう。兄は本人の断りもなしに、話を言いふらすような性格じゃない。

「真由美さん、前に『自分には家族はいない』って言ってたし、俺のことも本当の息子みたいによくしてくれるしな。お前と紘基のことも、本当の娘や孫みたいに思ってるんだと思うよ」

「えっ、真由美さんって、ご家族いないの？」

「俺も詳しくは知らないけど、そうらしいな」

てっきり結婚もしていて子供は成人しているくらいかなと、思い込んでいた。言われてみれば、真由美さんの口から家族の話を聞いたことがない。

「お前があいつの何に引っかかってるのか知らないけど、相談してみるのもありなんじゃないのか」

「でも、迷惑じゃないかな」

真由美さんみたいに忙しい人に、私のために時間を作ってもらうのはやはり気が引ける。

「向こうがいいって言ってくれてるんだからいいんじゃないか。遠慮ばっかしてるの、お前の悪い癖だと思うぞ」

そんなふうに言われると、何も言えなくなってしまう。黙っていると、何か思い出したのか、兄はビールを飲むのをいったんやめて、テーブルの向こうから私をじっと見た。

「あのさ、お前が会社を辞めた時の話なんだけど」

「うん？」

「向こうから俺のことも何か言われたんじゃないのか？」

「えっ……」

まさかこの流れで兄の話になるとは思わず、思わず言葉に詰まってしまう。私を見て、兄は確信したらしい。

「やっぱりな」

「何かするってはっきり言われたわけじゃないの。どういうわけかお兄ちゃんが帰国することを社長が知ってて……」

当時言われたことをかいつまんで話すと、兄は「バカじゃねーの」と吐き捨てた。

「あのなあ、ちょっとやそっと妨害されるくらいで店を諦めるほど、俺は柔じゃないの」

「でも、私のせいでお兄ちゃんに迷惑かけるわけには……」

「迷惑なんかじゃないよ。たった二人の兄妹だろ。どうして真っ先に俺に相談しないんだよ」

そう言われて、はっとする。三年前、兄は何も聞かず、黙って私の側にいてくれたけれど、本当は全部話してほしかったんだ。兄を思って取った行動のつもりだったけれど、私は無意識に兄のことを傷つけていたのかもしれない。

「相談する相手だっていくらでもいるし、頼めば知恵も力を貸してくれる人だっている。俺もお前も一人じゃないんだよ」

頼れる人は、誰もいない。身を引くことが、千紘さんや兄を守るたった一つの手段なのだと思い込んでいた。あの時私がちゃんと話せていたら、また違う未来が待っていたのかもしれないのに。

「お兄ちゃん、ごめんなさい」

「俺のことはもういい。お前には、他に謝らなきゃいけない相手がいるだろう」

彼との未来を先に諦めたのは私の方なのに、千紘さんは信じてくれた。勝手にいなくなった私のことを、ずっと捜してくれていた。そのことに、兄が気づかせてくれた。

「あいつとちゃんと話せ。わかったな」

「うん。ありがとう、お兄ちゃん」

滲む涙で、視界が歪む。

「あーあ、顔面ぶさいくになってるぞ。せっかく寄りを戻そうって言ってくれてるのに、そんな顔してたら振られるぞ」

「お兄ちゃんひどい！」

「ほんとのことだろ」

肩を揺らして笑いながら、兄は泣き笑いをする私の頭をくしゃくしゃと撫でた。

後になって、メッセージと一緒に送った紘基の写真に千紘さんからも返信が来ていたことに気づいた。

『一日も早く、君と紘基に会いたい』

画面には絵文字もスタンプもない。だからこそ彼の真摯な気持ちが伝わるシンプルな文章が綴られていた。

6

五月特有の、からっとした天気の良い週末。真由美さんが待ち合わせ場所に指定してきたのは、緑に囲まれたテラス席が気持ちのよいおしゃれなカフェだった。

「遥花ちゃん、こっち」

真由美さんは先に席に着いていて、私の姿を認めると小さく手を振ってくれた。濃紺のトップスに鮮やかなスカイブルーのロングストールが華やかな顔立ちによく似合っていて、大勢の中にいてもひと際目を引く。

「真由美さん、お休みの日にすみません」

「連絡もらってすっごく楽しみにしてたのよ。まずは腹ごしらえしましょう」

お互い迷いに迷って、私は大ぶりのエビが載ったトマトクリームパスタを。真美さんは色よく焼けたトーストにスモークサーモンやアボカド、新鮮なお野菜が入ったクラブハウスサンドのセットにした。

「今日は紘くんは？」

「兄が見てくれてます」

兄は『たまには女子会して来いよ！』と快く送り出してくれた。

「私と一緒に家を出て、そのまま公園に行くって言ってましたけど、たぶん兄があんまり持たないと思います。休日は基本出歩かない人なんで」

「あはは、なんだか想像つくわ」

付き合いの長い真由美さんにはわかるのだろう。兄のことだ。きっと一時間もせずに切り上げて、自宅でゴロゴロしているだろう。うまいことを言って紘基を連れて帰るために、ミニカーの一つでも買ってあげてるかもしれない。

「いつも助かってます。紘基も兄によく懐いてるし」

「一見取っつきにくいんだけど、なぜか人好きのする子よね。話せば話すほど魅力が増すというか」

「他人には無関心に見えて、核心を突いたことを言ったりするからかもしれません」

実際、何かを決断しなければならない時、兄が言った一言を頼りにすることも多い。

今日、真由美さんに会うことにしたのも、兄の勧めがあったからだ。

「それで、遥花ちゃんは何か私に話したいことがあったのよね？」

料理をあらかた食べ終え、食後のコーヒーを手に取りながら真由美さんが尋ねる。

「実は、紘基の父親のことなんです」

そう切り出すと、真由美さんはわずかに顔色を変えた。

「連絡してきたの？」

「いえ、偶然再会して。彼の方はずっと捜していてくれたみたいなんですけど」

「……捜すって？」

真由美さんは、私が紘基を一人で育てることになった経緯を知らない。千紘さんとの間に起こったこれまでの出来事を、かいつまんで話す。

ひと通り話し終えると、真由美さんはすっかり冷めてしまったコーヒーのカップに口をつけた。

「率直に言わせてもらうと、遥花ちゃんが迷う必要はないように思うわ。彼も二人とやり直すことを望んでるし、父親からも必ず守ると言ってくれているんでしょう」

「そうなんですけど……」

それでも素直に頷けない自分がいる。真由美さんはしばらく考え込むと、そっと口を開いた。

「遥花ちゃん、自信がないのはあなたの方なのね」

「えっ？」

「あなたは今でも、紘くんの父親に自分は釣り合わないと思っているのね。いくら相手が言葉を尽くしてくれても、あなた自身が変わらなければ、この先も彼のことを信じきることはできないわよ」

……漠然と感じていた不安は、自分に自信がないせいだった？

「まあ、彼の父親から言われたことを考えると、遥花ちゃんの心が折れてしまったことも理解できるわ。上に立つ者だけに、人の心を掌握する話術に長けてるのね。そういったやり方は、私は感心しないけれど」

「まさかそこまで……」

「人を従えるために、そういうことをする人はいるのよ」

経営者として、社会に揉まれてきたであろう真奈美さんが言うだけに説得力がある。きっと私には想像できないような経験もたくさんしてきたのだろう。

「でも考えてみて。紘くんの父親は、あなたに会社に利益をもたらす人間であることを望んでる？」

「……いいえ」

千紘さんが私にそんなことを望んだことは一度もない。むしろそのままの私を見ていて自分自身も励まされたのだと、そう言っていた。

「彼はきっと、遥花ちゃんだから一生側にいてほしいと思ったの。信じる相手を間違えてはだめよ」

「真奈美さん……」

ようやく気がついた。自分がただ逃げていただけだってことに。

「不安があるなら、私なんかじゃなく彼にぶつけてあげて」

「……はい。ちゃんと彼と向き合います」

私は今までになくさっぱりとした気持ちで、千紘さんと会う決心をした。


千紘さんと再会して以降、私から連絡をするのは、考えてみたら初めてだ。

【話したいことがあるので、近いうちに時間を取ってもらえませんか?】

メッセージを送って数分もしないうちに、電話がかかってきた。

『遥花? どうしたの、突然。何かあった?』

メッセージを見て、慌てて電話をかけてきたのだろう。焦りの滲んだ声で、千紘さんが言う。

「驚かせてすみません。違うんです。これからのことをきちんと話し合いたくて」

『それは、前向きな話だって思っていいのかな』

「……はい」

彼から見えているわけでもないのに、私はしっかりと頷いた。もう後には引けない。千紘さんと一緒に立ち向かうんだと心の中で自分に言い聞かせる。

『嬉しいよ。本当は今からでも飛んでいきたいところだけど……。実は視察で沖縄《おきなわ》にいるんだ』

沖縄には、系列のリゾートホテルがある。相変わらず都内に留まらず色々なところを飛び回っているのだ。忙しい彼に、無理だけは絶対にさせたくない。

「千紘さんの時間がある時でいいので、いつでも連絡してください。いくらでも待てますから」

『遥花は優しいな』

電話の向こうで、千紘さんが微かに笑った気配がした。

『でもこれ以上君のことを待たせたくないし、俺だって待てないんだ』

「千紘さん……」

熱を帯びた声色に、鼓動が早くなる。今まで閉じ込めていた気持ちが今にも溢れ出しそうで、思わずスマホを握りしめた。

『明後日こっちでの仕事が終わったら、すぐに東京に帰るよ。空港からそのまま迎えに行くから、よかったら紘基も一緒に土日を俺の家で過ごさないか』

「それは泊まりでってことですか？」

『ああ。その方がゆっくり話せると思ったんだけど、難しいかな？』

先日の動物園しかり、紘基がいるとどうしても予定通りにいかないことも多い。泊まりなら、二人でじっくり話す時間も取れるだろう。

「わかりました。そうさせてもらいます」

『よかった。ごめん、そろそろ戻らなきゃ』

電話の向こうで、『副社長！』と呼ぶ声がする。きっと無理に時間を作って、電話してきてくれたのだろう。

「電話ありがとうございました」

『……早く会いたいよ、遥花』

「私もです」

自然と言葉に出ていた。私も、早く千紘さんに会いたい。

『待ってて』

千紘さんの甘さを含んだ声が、いつまでも耳に残っていた。

二人分の荷物を持って、車に乗り込む。

「待たせたかな？」

「全然。準備に時間がかかって、私の方こそお待たせするんじゃないかって焦ってました」

『今日はお泊まりするよ』と紘基に教えたのは、保育園から帰ってから。普段はお店があるから旅行することもないし、帰省するような場所もないから、紘基にとって今日が初めてのお泊まりだ。

『どこいくの？』『おもちゃもいれて？』『ごほんもいい？』と紘基はずっとはしゃいで私にまとわりついていて、なかなか準備が進まなかった。

「出張から帰ったばかりなのに、本当にお邪魔していいんですか？」

出張は三日間。沖縄本島だけでなく、離島にも足を伸ばしたらしい。ハードスケジュールだったに決まっている。

「心配してくれるのは嬉しいけど、今さら来ないとか言わないでくれよ。俺は二人と一緒に週末を過ごすために、頑張って仕事を片づけてきたんだから」

なんて嬉しいことを言ってくれる。

「ねえねえ、ひろくんたちどこにいくの？」

千紘さんにチャイルドシートに乗せてもらいながら、紘基が尋ねる。私と千紘さんを見る目が、期待で輝いている。

「紘基とママは、これからうちに行ってお泊まりするんだ」

「おにいちゃんのおうち？」

「そうだよ」

「おともだちいる？」

「お友達はいないかな。でもいいものを見せてあげるよ」

「いいものって何？　ミニカー？」

「それは着いてからのお楽しみだ」

紘基の頭を優しく撫でて、ドアを閉める。

「それじゃ、出発するよ」

「はぁい、しゅっぱつ！」

はしゃぐ紘基を見て目を細めると、千紘さんは車を出した。

「うちが見えてきたよ」と言われて、車窓から外を見る。

「えっ、ここですか？」

千紘さんの家は、地上四十階、地下三階建てのタワーレジデンスの一室。十九階まではオフィスや商業施設が入っていて、二十階から上が居住区間となっているそうだ。

車の中から見上げても、建物のてっぺんは見えない。最上階は雲の上なんじゃないのかな、なんて思ってしまう。

「すごく立派なところですね」

アメリカに行く前は、千紘さんは職場から二駅ほどの場所にある新築のマンションに住んでいた。三年前もずいぶんいいところに住んでいるんだなって思ったけれど、ここは比べ物にならない。

「ここの開発にアヴェニールホテルズの子会社が関わってるんだ」

アヴェニールホテルズにはホテル部門だけではなく、複数の子会社がある。そのうちの不動産部門が関わり開発したのが、このタワーレジデンスらしい。今後のためにも、自分で実際に住んでみて、気づいたことがあれば改良するよう提案するつもりだという。

「ここは景色もいいんだ。夜景も綺麗だから期待してて」

千紘さんが運転する車は、地下の駐車場に入っていった。

「わあ、まっくら！」

「すぐ明るくなるから怖くないよ」

視界が急に暗くなって驚く紘基を、千紘さんが宥めてくれる。

「ママと手を繋ぐ？」

「ひろくんこわくないよ。だいじょうぶ！」

と言って首を振る。いつもなら「こわいー、ママだっこー」って言って私にまとわりつくのに。

「えっ、怖くないの？」

「うん。だっておにいちゃんがまもってくれるでしょ」

満面の笑みで、前方の千紘さんを見ている。ひょっとして、動物園で千紘さんが言った『紘基のためならライオンくらいやっつけられるよ』を覚えているのだろうか。

「もちろん、俺が紘基を守るよ」

「ママのことも？」

「ああ、ママも」

即答する千紘さんに、紘基はご機嫌だ。この短い期間に、着実に二人の間には信頼関係ができている。

地下駐車場からは、住人専用のエレベーターで居住区間まで上った。二十階がロビーで、コンシェルジュが常駐しているそうだ。

よく磨かれた大理石の床を歩いていくと、ホテルさながらのフロントが現れ、制服姿の女性が出迎えてくれた。エレベーターホールには大胆なデザインのフラワーアレンジメントが飾られていて目を引く。都内でも有名なフローリストと契約していて、頻繁に生けかえられているらしい。

ロビー階には他にもジムやラウンジ、キッズルームなどがあり、住人であれば自由に使うことができるそうだ。

「明日にでも紘基を連れてキッズルームに行ってみようか」

「おともだちくる?」

「ああ、よく紘基くらいの子達が遊んでるよ。仲良くできるかな?」

「できるよ! はやくいきたいなぁ」

紘基は今すぐにでも立ち寄りたそうで、見るからにそわそわしている。

「今日はもう遅いから、明日たくさん遊ぼうね」

「ひろくん、いまいきたい」

「お友達も晩ご飯やお風呂の時間で帰っちゃってるよ。明日絶対連れて行くから。約束な?」

「うん、やくそくね!」

千紘さんが紘基に向かって小指を差し出すと、紘基が小さな指を一生懸命絡めて

『ゆびきりげんまん』を歌い出す。千紘さんはその光景を見てふわっと微笑むと、紘基に合わせて一緒に歌ってくれた。

満足そうな紘基とそのまま手を繋いで、千紘さんの部屋へと向かう。

「どうぞ」

「……うわぁ！」

玄関だけで私達の寝室くらいありそうだ。感嘆の声を上げて繋いでいた手を放すと、紘基は靴をぱっと脱いで部屋の中へ駆け出した。

「紘くん待って！　……すみません、お行儀悪くて」

紘基の靴を揃えながら、千紘さんに謝る。千紘さんはからっとした笑顔で首を振った。

「全然。元気がよくて可愛いよ」

「……千紘さんって、意外と子供慣れしてますよね」

千紘さんは会ったその日から、自然に紘基との距離を縮めていた。

駐車場やキッズルームでも紘基が納得したり安心するような言葉をくれたり、目線を合わせて話してくれたり、子供との接し方がきちんと身についているように感じる。

仕事柄、小さな子供と関わることもあるとは思う。でもそれだけじゃない経験値のようなものを、彼の行動から感じ取れるのだ。

「年の離れた弟がいるんだ。結構面倒を見てたからかな？」

「ああ、以前話してくださいましたね」

千紘さんの家庭は少し複雑で、社長と千紘さんのお母さまは彼がまだ小学生の頃に離婚している。その後、社長は再婚。千紘さんにはちょうど十歳違いになる弟がいるらしい。彼のことだから、きっと甲斐甲斐しく面倒を見ていたのだろう。

「年齢差はあるけど、兄弟仲はいいんだ。そのうち遥花にも会わせるよ」

「楽しみにしてます」

会話をしつつ、彼の後についてリビングに入ると、紘基は興奮気味に部屋を探検していた。

「ママ、ここにおとまり？」

「そうよ。だから千紘さんに『よろしくお願いします』って言おうね」

背中に手を当てて促すと、紘基は姿勢よく気をつけをした。

「よろしくおねがいします！」

「こちらこそよろしくな」

頭を撫でられて、紘基はにこにこしている。

私も、改めて部屋を見渡してみた。あまり詳しくないのでわからないけれど、おそらく家電は最新のものを取り揃えているのだろう。家具はスタイリッシュな中にも温もりを感じる海外のデザイナーズブランドで揃えられていて、千紘さんのこだわりを感じる。

たまには自炊もすると言っていたのも、本当らしい。リビングから続くアイランド型のキッチンには、一人暮らしにしては種類豊富な調味料やスパイスやフルーツなどが置いてある。冷蔵庫の中も案外充実しているのかもしれない。

「紘基。遥花もこっちに来て」

「なんですか?」

紘基を抱き上げて、千紘さんが窓際へと動く。

「わぁ〜、おそときらきら」

カーテンを開けると、都心の夜景がきらめきを放っていた。まるで宝石箱をひっくり返したような景色に、言葉を失ってしまう。

「……すごく綺麗」

ようやく吐き出した言葉は、ため息交じり。いつもは騒がしい紘基ですら、目を輝かせて目の前の景色を眺めている。

「いいものを見せてあげるって言っただろ。気に入ってくれた？」

「ええ、とっても。毎晩この景色を見られるなんて、贅沢ですね」

これは素直に羨ましい。私なら毎晩ここに立つたび、感動して見入ってしまいそうだ。

「それなら、ここで暮らせばいい」

「えっ……」

驚いて息が止まる。でも、彼とやり直す道を選ぶならそうなるのだ。兄と暮らしている家を出て、千紘さんと紘基と三人で新しい生活を始める。そして私はその覚悟を決めて、今日ここへ来た。

「千紘さん、私……」

「まあ、その話はゆっくり。夜は長い」

「……そうですね」

きっと今夜は、長く眠れない夜になる。まっすぐに私を見つめる千紘さんから目を離せずにいると、彼の腕の中で紘基が身じろぎをした。

「ママ、おなかすいた」

部屋の時計はすでに午後七時を指していた。

「ああ、もうこんな時間。今日はデリバリーを頼んでるんだ。そろそろ届く頃だと思うよ」

事前に交わしていたメッセージで今夜の夕食のことを訪ねると、千紘さんは『特に用意も買い物もいらない』と言っていた。

「紘基もいるし、外で食べるよりその方がいいかと思って」

「助かります」

千紘さんは弟さんの面倒も見ていたそうだから、小さい子供との外出や外食の大変さも知っているのだろう。こういうふうに気を回してくれるところ、本当にありがたい。

ほどなくして中華のデリバリーが届き、三人で食卓を囲んだ。さらに驚いたのは、千紘さんが子供用のチェアを用意してくれていたことだ。週末をここで過ごすと約束して、すぐにネットで注文してくれたらしい。

「ひろくんからあげたべる」

「はい。よく噛んで食べてな」

「はーい!」

紘基に合わせて小さめにカットしたからあげを、千紘さんがお皿に載せてくれた。

お出かけ用のエプロンをつけた紘基は、いつもとは勝手の違う食事に戸惑う様子も見せずご機嫌だ。紘基を中心に話題は絶えず、笑い声の絶えない食卓になった。

　食事の後は少しゆっくりして、千紘さんが紘基をお風呂に入れてくれた。いつもは私と入るのでさすがに嫌がるかなと思ったけれど、最初は少しぐずったものの、いざ入ってしまえば、私のことなんて忘れたみたいにはしゃぐ紘基の声が漏れ聞こえてきた。

「ママ！」

　先に紘基を上げてもらい、脱衣所で体を拭いてやる。

「あのね、おにいちゃんはあおがすきって」

　保育園で習った何種類も色が出てくる絵の具の歌を、千紘さんにも歌って聞かせたのだろう。

「紘くんと一緒だね」

「うん！　いっしょねー」

　好きな色が同じで嬉しかったようだ。興奮気味に教えてくれる。

「紘くん、向こうのお部屋に行ってお茶を飲もうか」

「はーい」

まだお風呂から出たてで、ほかほかした体に肌着を着せる。パジャマはもう少ししてから着せることにする。

「千紘さん、ありがとうございました。私達は先にリビングに戻ってますね」

「ああ、わかった。俺もすぐ行くよ」

温まって眠くなってきたのか、目蓋の重そうな紘基を連れてリビングに戻る。麦茶を飲ませていると、入浴を終えた千紘さんが戻ってきた。

「お待たせ。遥花もすぐ入る？」

洗いざらしの髪をタオルドライしながら、千紘さんが尋ねる。

いつもは下ろしている前髪が後ろへ流れていて、男の人なのに色気を感じる。スエットに薄手のTシャツを纏っただけで、たくましい身体つきが露わになっている。

そういえば千紘さんは案外着やせするタイプだったことを急に思い出して、頬が熱くなった。

「遥花？」

千紘さんのことを改めて男の人として意識してしまったことが、なんだか気恥ずかしい。

「はっ、はいっ」

「いや、お風呂どうするのかって……。あれ、紘基もう眠そうだね。ベッドに行く?」

「いやだぁ。ひろくん、まだあそぶぅ」

なんて言いつつも、眠気には敵わないのだろう。目をこすりながら、紘基がいやいやと首を振る。

「限界っぽいんで、先に寝かしつけてきます」

「でも遥花も早くお風呂に入ってさっぱりしたいだろ? 紘基、ママは今からお風呂に入るから、俺と寝ようか」

「おにいちゃんとねる」

一緒にご飯も食べてお風呂も入って、すっかり気を許してしまったらしい。紘基はぐずることもなくそう言うと、千紘さんの首にしがみついた。

「……可愛いな」

そのまま抱き上げて、紘基の頭を撫でてやる。紘基は気持ちよさそうに目を閉じると、半分眠りの世界に行きかけている。

「このまま寝かせてくるよ。遥花はお風呂に入ってて」

小声で囁くと、千紘さんは紘基を抱っこして寝室へと入っていった。

「うわ……、広い」

どこもかしこも豪華で広々とした部屋だけれど、この浴室は私の想像を超えていた。アヴェニールホテル東京で例えるなら、最上階のプレミアムスイートクラスのバスルームに匹敵するだろう。床暖房が完備されているのはもちろん、足を伸ばしてもゆったり座れるジェットバスには、ジェットだけでなく数種の機能がついている。

できることなら、ゆっくり入らせてもらいたいところだけれど、寂しくなった紘基が泣き出すんじゃないかと心配だった私は、シャワーだけで慌ただしく入浴をすませた。

でもその心配は杞憂だったようだ。急いでリビングに戻ると、ソファーに腰掛けて私を待つ千紘さんの姿が目に入った。夜も遅いからか、部屋の照明が白く明るいものから、温もりのある暖色系のものに切り替えられている。

「あれ、ずいぶん早かったね。もっとゆっくりしててよかったのに」

「紘基がまた起きるんじゃないかと気が気じゃなくて」

「髪もまだ濡れてる。ドライヤーの場所わからなかった？」

そういえば、タオルドライの状態で飛び出てきてしまった。

「ちょっと待ってて」

千紘さんはソファーから立ち上がると、どこかへ行ってしまった。

「お待たせ」

かと思うと、今度はドライヤーを持って現れた。そのままソファーの裏手に回る。

「遥花座って。乾かしてあげる」

「じっ、自分でできます！」

千紘さんに髪を乾かしてもらうなんて。そんなことをされたら緊張で体が持たない。

「俺がしてあげたいんだ。だめかな？」

そういえば、私より三つも年上なのに、時々甘えた口調でお願いをしてくる人だった。普段は頼りになる先輩なのに、付き合って心を開くとこんな面もあるのかと当時は驚いた。でも、そのギャップに母性本能をくすぐられたのも事実だ。

「……わかりました。お願いします」

観念して彼の前に腰を下ろす。

「それじゃあ始めるね」

機嫌よくそう言うと、千紘さんは私の髪を乾かし始めた。すぐ後ろに彼の体温を感じ、あまりの距離の近さにどうしても鼓動が早まってしまう。

「風は熱くない？」

「ちょうどいいです」

彼の声はいたって穏やかで、鼻歌でも聞こえてきそうだ。私はこんなにドキドキしているのに、千紘さんは平気なんだろうか。自分だけが緊張しているようで、余計に意識してしまう。

「前はストレートだったけど、パーマをかけたの?」

「本当は元々くせっ毛なんです。ホテリエ時代はストレートパーマをかけたり、ヘアアイロンを使ってたんですけど、今はあんまり自分に時間をかける余裕がなくて」

毎朝、時計と時間をにらめっこしながら、紘基の登園準備をしなければならないので、のんきにヘアアイロンを使う時間なんてない。ストレートパーマをかけるのはお金も時間もかかるのでやめてしまった。満足に手入れもできていないから、きっと枝毛だらけだろう。

傷んだ髪を彼に触れられているこの状況が、今さら恥ずかしくなってくる。

「ごめんね。遥花ばかりに苦労をかけてしまった」

優しい声が、私を包んだ。

ドライヤーがオフになったことに気づき後ろを振り向く。彼は私の隣に腰掛けると、苦しげな表情で私を見た。

「……本当に後悔してるよ。君にはいくら謝っても足りないくらいだ」

絞り出すような声に、私まで苦しくなる。

「こんなことなら、人を使わずに自分自身で捜せばよかった。君に何があったのか調べて、父を問い詰めるべきだった」

「千紘さん……もう謝らないでください」

謝らないといけないのは、私の方だ。彼は私との結婚を叶えるためにアメリカに行ったのに。私はあっさりと社長の言葉を信じて、紘基を身ごもったことも告げずに行方をくらました。

「社長の話や社内での噂を真に受けてしまって……。本当に信じるべきだったのは、千紘さんだったのに。自信がなかったせいで、自分はあなたに相応しくないと勝手に決めて逃げ出してしまった」

私が苦しんだと同様に、ひょっとしたらそれ以上、私は彼のことを傷つけてしまったのかもしれない。それに、紘基のこともある。

「千紘さんと紘基が仲良くしているのを見ていて、気づいたんです。私の判断が、二人が親子として過ごす時間を奪っていたんだなって」

紘基が生まれてからの二年ちょっと、大変だったけれど、嬉しいことも感動したこともたくさんあった。私が諦めてしまわなければ、千紘さんも、そして紘基も三人一緒に全ての瞬間を過ごせたのに。

「私が弱かったばっかりに……本当にごめんなさい」

「……遥花、顔を上げて」

項垂れる私を、優しい声音で呼ぶ。おずおずと見上げた先の千紘さんは、さっきまでの苦しげな表情ではなく、決意を固めたような強い瞳で私を見ていた。

「お互い取り戻せない過去をいつまでも悔いるのは、これまでにしよう」

私の手を取り、胸元に引き寄せる。繋いだ手を両手でぎゅっと握りしめられた。

「一緒にいられなかった三年間が帳消しになるくらい、これからは家族三人で濃密な時間を過ごそう。紘基に父親として認めてもらえるよう、俺も頑張るよ」

「……たぶん紘基は、とっくに認めてると思います」

一緒に過ごした時間はまだわずかだけれど、きっと紘基も千紘さんの存在を近しく思っていると思う。二人が本当の親子になるのに、そう時間はかからないはずだ。

「そうだったら嬉しいな」

「大丈夫ですよ」

「遥花」

隣を向くと、千紘さんが真剣な顔で私を見ていた。

「もう一度君に会って痛感したよ。君なしの人生は考えられない。今度こそ俺と結婚してほしい」

三年越しのプロポーズ。彼と私の人生は、もう二度と交わらない。そう思っていた。

「私も、昔も今も変わらず千紘さんのことが好きです。私と結婚してください」

「……よかった」

安心したように言うと、千紘さんは私を抱きしめた。懐かしいけれどたくましさが増した彼の腕の中でほっと力を抜く。私は幸運で、たくさんの人達に助けられてきたけれど、それでもずいぶん気を張って生きていたんだな。そう思い知らされた。

「愛してる、遥花」

「……私も愛してます、千紘さん」

彼の顔が近づく気配がして、私は目を閉じた。三年分の時間を取り戻すような、優しく想いのこもったキスだった。

お互いの想いを確かめ合った私達は、また話をした。

三年前、千紘さんに関して私が社長から言われたことも、兄のことも、全て包み隠さず話して聞かせた。

「呼び出された時は、すでに紘基がお腹にいたので、社長に知られてしまったらと思うと怖くて……」

そんな子は認められない。もしも、『堕ろしてくれ』なんて言われたら……。そう思うと恐ろしくて、噂の真偽を確かめることもせず、姿を消してしまった。

ひと通り話し終えると、千紘さんは謝罪の言葉を口にした。

「父が本当にひどいことを。申し訳ない」

「もうすんだことですから」

社長なりに、家族や会社を守ろうとなりふり構っていられなかったのだろう。

「……遥花は俺を守るために身を引いたんだね」

「千紘さんがホテルの仕事大好きなの、一番近くで見ていて知ってましたから」

彼の将来を、私が潰すわけにはいかない。そして兄の未来も。その一心だった。

「お兄さんの件だけど……、今後も絶対に『カシェット』には手出しさせないよ。約束する」

「そう言っていただくと、私も安心です」

これで一つ不安は消えたと、ほっと胸をなで下ろす。

「それとこれを」

私は鞄の中から通帳を出すと、退職金の振込記録が載っているページを開いた。退職金は生活費で消えてしまったけれど、同時に振り込まれていたお金には一切手をつけていない。

「このお金は？」

「退職金と一緒に振り込まれていました。たぶん、手切れ金のつもりだったんだと思います。でも、どうしてもこれだけは使いたくなくて……。千紘さんから社長に返していただくわけにはいきませんか？」

千紘さんは難しい顔をすると、しばらく黙り込んでしまった。激しい怒りを感じているようで、眉間に皺が寄っている。たぶん感情を吐き出すのをこらえていたのだと思う。

「……すまない。こんなふうに君を侮辱するような真似までしていたなんて」

「驚きましたし、本当にお金目当てだと思われていたんだなって、当時は落ち込みましたけど……」

だけどもう、全て過ぎたことだ。私は千紘さんと一緒に前を向くのだと決めた。

「お金はお返しして、千紘さんとの結婚を正式に認めてもらいたいです」

「もちろんだよ。反対なんてさせない。必ず君と紘基の存在を認めさせる」

千紘さんの言葉に、私も力強く頷いた。

「好きだよ、遥花。もう二度と離さない」

「私も……」

見上げた彼の瞳に、これまでと違う熱が宿っていることに気がついた。息を呑む私を見て微笑むと、そっと優しく、存在を確かめるように、千紘さんが私の頬に触れた。

「遥花が嫌なら、これ以上は何もしない。でも、いいと言ってくれるなら、君に触れたい」

彼に触れられたところから、じわりと熱が広がっていく。それは瞬く間に広がって、体中が抑えきれない衝動を持つ。

彼に求められている。今はそれが、たまらなく嬉しい。

「私も、もっとあなたに近づきたい」

嘘偽りのない言葉が、私の唇から零れ落ちた。

彼は私を引き寄せると、きつく抱きしめた。懐かしい匂い、私より少し高い体温。

その全てが愛しくて、彼に応えるように、その背中に両手を伸ばす。

二人の体温が溶け合って同じになる頃、彼が静かに体を離した。

初めは額、眉間から目蓋、鼻筋を辿り、彼の唇がようやく私を見つける。触れるだけのキスが、いつの間にか食《は》むようになり、一瞬の隙をついて、彼の舌が私の口内に入り込んだ。

息つく暇もないほど攻め立てられ、目尻に涙が滲む。解放してほしいのに、やめてほしくない。相反する気持ちが巡り、頭の中が混乱する。すっかり体の力が抜けてしまった私を見下ろしたまま、彼が私のシャツのボタンに触れる。その手を、思わず掴んだ。

「……ごめん、やっぱり嫌だった？」

「違うんです」

と首を振る。私もこんなに彼のことを求めているのに、今さら触れられることが嫌になるはずがない。

「千紘さん、私は紘基を産んだんです」

「ああ、わかっているよ」

ピンと来ないでいる千紘さんに、シャツの裾を捲ってみせた。下着も捲って、リビングの抑えた照明の下、肌を晒す。恥ずかしくて顔から火を噴きそうだ。

「ここ、ひび割れみたいなのがあるのわかります？」

「ああ、引き攣れてるみたいな？」

「妊娠線っていって、臨月近くにできてしまったんです。クリームでケアしてたけど、間に合わなくて」

「うん」

「これだけじゃないです。今の私は、三年前の私とは違う」

私の言わんとすることがわかったのだろう。千紘さんはくすっと微笑むと、私の額にもう一度キスを落とした。

「俺の子供のために、頑張ってくれたんだろう。どんな遥花でも愛しいことに変わりはない」

「……本当に？　がっかりしませんか？」

「がっかりなんてするわけない。今の遥花を全部見せて、愛させてくれ」

「……はい」

返事を聞いて微笑むと、千紘さんは再び私に口づけた。彼の唇が首を這い、鎖骨に届く。

「あっ」

服の上から胸の膨らみを掴まれ、思わず声が漏れた。下着も取り払われ、素肌が夜気に晒される。

「綺麗だよ、遥花」

千紘さんは、自分も纏っていた衣服を全て取り去ると、今ここに私がいることを確かめるように腕の中に閉じ込めた。直接触れ合う肌は温かく、触れた先から互いの鼓動が伝わってくる。指先で、手のひらで、唇で、熱い舌で、彼は私の体をなぞっていく。

気がつけば、緊張でこわばっていた体は緩やかに弛緩《しかん》して、彼が与える甘い疼きを素直に受け止めていた。

どれほど時間が経ったのかわからない。ようやく繋がれた時は、胸がいっぱいになって涙があふれた。

もう二度と、彼に触れることはないと思っていた。何度も名前を呼ばれ揺さぶられ、急速に熱が上がる。

体の中で何かが弾け、大きく震える私を千紘さんが抱きすくめる。

その力強さに安堵して、私はそのまま暗闇に落ちた。

久しぶりの深い眠りだったような気がする。

カーテンから漏れる光は、太陽がすでに高い位置にあることを示す明るさだ。気がつくと、私は千紘さんのキングサイズのベッドに一人で寝ていた。

昨夜は、千紘さんと気持ちを確かめ合い、リビングのソファーで抱き合った。でも、その後の記憶がない。

「紘基？　千紘さん？」

紘基は先に、ここで寝ていたはずだ。紘基だけでなく、千紘さんも寝室にはいない。

ベッドサイドに置いてある時計は、すでに九時を指している。まさか、こんなに長く眠ってしまうなんて。

「わぁ～、おいしそう」

「そうだろう？　紘基は卵は好き？」

「ひろくんたまごだいすきだよ！」

「じゃあチーズは？」

「だいだいだいすき！」

ベッドから降りて寝室のドアを開けると、二人の話し声が聞こえてきた。リビングの方へ行くと、キッチンで朝ご飯を作っている千紘さんと、それを興味深そうに見ている紘基の姿が見えた。

「あ、ママだ！」

「おはよう遥花。よく眠れた？」

「おはようございます。寝坊してしまってすみません」

「よく眠ってたからみたいだから、あえて起こさなかったんだ」

紘基の見ていないところで、千紘さんが私に向かって意味ありげな視線を投げる。

それに気づいて、耳まで熱くなった。

週末も平日も問わず紘基に早く起こされるから、こんなに遅くまで寝てしまったのも久しぶりだ。たっぷり寝たおかげで、体も頭もすっきりしている。

「千紘さんも出張帰りでお疲れなのに、朝から紘基の相手をさせてしまってすみません」

先に千紘さんが起こされて、私まで起こさないように紘基を寝室から連れ出してくれたのだろう。初っ端から彼に一人で面倒を見させてしまった。

「俺は平日も休みも朝は早いから大丈夫。それより朝ご飯にしよう」

身支度をすませてリビングに戻ると、千紘さんが用意してくれた朝食がすでに並んでいた。温め直したクロワッサンやロールパンにスープやサラダ。昨日キッチンで見かけたフルーツもカットされて並んでいる。

「すごい。豪華ですね」

「毎朝こうってわけじゃないよ。今日は特別」

そう言って千紘さんが最後に並べたのは、熱々のチーズオムレツだった。

「ひろくんもおてつだいした！」

「紘基はチーズを運んでくれたんだよな」

退屈しないように、紘基でもできるお手伝いをさせてくれたんだろう。

「紘くんもお手伝いしたの？ 偉かったね」

「がんばったんだよ」

私が褒めると、紘基がぐっと胸を張る。おませなポーズが可愛くて、千紘さんと目を合わせて笑ってしまった。

久しぶりに食べた千紘さんのチーズオムレツは、とろとろの卵に濃厚なチーズがたっぷり絡んでいて最高に美味しかった。

「もっと食べたいなぁ」

千紘さんお手製のチーズオムレツは紘基もお気に召したようで、おかわりを欲しがった。

「紘基、大きくなるためには同じものばかり食べてちゃだめなんだ。色んなものを食べなくちゃ」

「ひろくんおおきくなりたい」

「そうだよな。だからこっちのパンも食べよう」

「わかった！」

千紘さんがロールパンをちぎって渡すと、紘基は張り切って口に運ぶ。

「紘くん、牛乳も飲んでね」

「ぎゅうにゅうのんだらおおきくなる？」

「ああ、すっごく大きくなれるよ」

食事を終え、片づけもすませてリビングのソファーに腰を下ろす。紘基は千紘さんからお土産にもらったご当地もののミニカーで機嫌よく遊んでいる。私と千紘さんは、視線を合わせて頷き合った。

「紘くん、大事なお話しがあるの」

昨夜二人で、じっくりと話し合った。千紘さんは焦らなくてもいいと言ってくれたけれど、私は朝起きたら紘基に真実を話すと決めた。

これから先、三人で過ごすのなら、早いうちに打ち明けた方がいいと思ったのだ。紘基と千紘さんの間には、十分信頼関係が築けていると思うし、何より一日でも早く血の繋がった親子としての生活を送らせてあげたい。一緒にいられなかった二年ちょっとの時間を、取り戻してあげたい。

「なあに？」

ミニカーを動かす手を止めて、紘基が顔を上げる。紘基の年齢でも理解してもらえるかはわからないけれど、覚悟を決めて口を開いた。

「紘くん。千紘さんはね、本当は紘くんのパパなの」

「パパ？」

紘基は私の顔を見て首を傾げた後、千紘さんの方を見た。千紘さんも緊張の滲んだ顔をしている。

「わかってくれたのかな」

「どうでしょう……」

前に千紘さんが尋ねた時に、紘基は「パパはいない」と返事をしたから、きっとパパというものの存在は理解しているのだと思う。でもそれが千紘さんに結びついているかはわからない。

「紘基、これからは俺のことおにいちゃんじゃなくてパパって呼んでくれる？」

「んー、いいよ！」

少しだけ考える素振りを見せた後、紘基はいつもの調子で返事をして千紘さんに歩み寄った。そしてソファーの上によじ登ると「パパだっこ」と言って千紘さんに手を伸ばした。千紘さんの顔が驚きで固まった。かと思うと口元が歪む。

「遥花、紘基が俺のことをパパって」

「呼んでくれましたね」

涙声でそう言うと、千紘さんは紘基の体をぎゅっと抱きしめた。

「こんなにすんなり呼んでくれるなんて、紘基は俺のことをパパだって認めてくれたのかな？　それとも言われた通りに呼んでいるだけ？」

紘基なりに、『パパ』というものの存在は、うっすらとわかっていると思う。でも『自分にもパパがいる』という状況を理解できているのか、正直に言うと私にもわからないのだ。

「まあ、どちらでもいいさ。時間をかけて俺は紘基のパパになるよ」

また抱きしめて、千紘さんが紘基に頬ずりをする。

「パパ～、ひろくんおかおいたいよ！」

「ごめんごめん。嬉しくって」

その後も、紘基はパパにべったりだった。念願のキッズコーナーに連れて行ってもらって、同じ年頃のお友達を見かけても、千紘さんにまとわりついて離れない。

「パパあそぼ」

「俺はいいけど、お友達はいいのか？」

「いいの。ひろくんパパとあそぶ」

千紘さんの手を引いて、室内遊具の方へと走っていく。千紘さんは甘えてくる紘基が可愛くて仕方ないようで、始終緩んだ顔をしていた。

階下のショッピングモールで買い物をして部屋に戻り、昼食は私が作った。メニューはミートボールパスタと野菜のコンソメスープ。兄直伝のミートボールパスタは、紘基も好きで喜んで食べてくれる。大人の分と紘基の分をそれぞれテーブルに並べた。

「おっ、美味そう。いい香りだな」

「ママ～、ひろくんおなかぺこぺこ」

「待たせてごめんね。さ、食べよう」

私も紘基の隣に腰掛けて、エプロンをつけてやる。紘基はまん丸のミートボールやカラフルな角切りの野菜を使ったスープに目を輝かせている。

「いただきます！」

行儀よく手を合わせると、紘基は真っ先にミートボールにフォークを突き立てた。危なっかしい手つきで口に運んで、もぐもぐと美味しそうに食べている。

「紘基の分は、別に調理したの？」

紘基の皿を覗き込んで、千紘さんが尋ねてきた。私達より一回り小さい皿に盛りつけた紘基のパスタは、お肉は小さく丸めて一口で食べられるようにして、パスタも短くカット。味付けもシンプルにしている。

一方、私達の分は、スパイスやにんにくも入れて、大人向けの本格的な味付けだ。

「大人用と子供用を分けて作るだけでも手間がかかりそうだな」

「確かに最初は大変でしたけど、慣れるとそうでもないですよ。今は幼児食のレトルト食品もありますし、楽できるところは楽してます」

「そうなんだ。育児については、まだまだ知らないことだらけだ。遥花に教わらなきゃ」

「弟さんの時は、そういうのなかったんですか？」

「あったのかもしれないけど、覚えてないな。食事に関しては全部お手伝いさん任せだったから」

千紘さんは最近の幼児向け商品に興味を持ったらしく、次の週末は育児用品を取り揃えたお店に案内することになった。

楽しい時間はあっという間に過ぎて、そろそろ日も暮れようとしている。中途半場に昼寝から目覚めた紘基は、当然のように機嫌が悪い。これから兄の待つ家に帰るのだと告げると、紘基は「いやー、かえりたくない。パパといるぅ！」と泣いて、私と千紘さんを困らせた。

「紘基、そんなに泣かないでくれよ。パパの方が泣きそうだ」

なんて言って、本当に泣きそうな顔をしている。

「しばらくは泣き止まないと思うけど、とりあえずチャイルドシートに乗せてみましょう。寝ぐずりっぽいから、車の振動で眠っちゃうかも」

いざ車に乗せてみたら予想通りで、紘基は途中で起きることもなく熟睡していた。

「たった二日一緒にいただけで、こんなに寂しくなるとは思わなかった……」

ハンドルを握りながら、千紘さんが言う。

「子供がいると賑やかですよね」

兄と二人の時は、仕事で時間がすれ違っていたこともあって、静かな生活だった。それが、紘基が生まれてから一変した。紘基を中心に会話が生まれるし、毎日笑い声も絶えない。三人で騒がしい二日間を過ごして、あの広い部屋に一人で帰ったら、余計に寂しく思うかもしれない。

「家で一人でいたら、思い出してつらくなりそうだ。君と紘基のいない生活に戻りたくないよ」

笑い交じりに言っているけれど、千紘さんは本当に寂しそうにしている。

「……早く一緒に暮らせたらいいですね」

それまでに考えなくてはならないことがたくさんある。

まずは仕事をどうするか。兄以外にもアルバイトの人が数名いるから、私がいなくてもカシェットの夜営業に響くことはない。でもランチボックスの営業は、私が中心になってやっている。せっかく軌道に乗り始めたのに、途中で投げ出すことはしたくない。

それに、紘基の保育園のこともある。今住んでいるところから千紘さんの住まいまでは結構な距離があるから、今と同じところに通わせるのは難しいだろう。

「時間がかかったとしても、一つずつクリアしていこう。俺達が一緒にいる未来はもう変わらないんだから」

「そうですね。焦らずいきましょう」

ただ私達には、もう一つ越えなければいけないハードルがある。

「父に君と紘基のことを話そうと思う」

前を向いたまま、千紘さんが言った。

「また反対されるだろうが、今度は絶対に折れない。だから、信じて待っていてほしい」

「……待ちます、いつまでも」

三人で家族になると決めたのだ。私も今度こそ絶対に諦めない。笑顔で頷く私を振り向いて、千紘さんも微笑んでくれた。

7（Side 千紘）

エレベーターを降り、役員専用フロアに足を踏み入れる。気づいた女性秘書が廊下に出てきて、俺を出迎えた。

「副社長、おはようございます」

「ああ、おはよう。社長は？」

「今お電話中ですので、少しこちらでお待ちいただけますか？」

「了解」

応接室の一室に入ると、秘書がコーヒーを持ってきてくれた。使っている豆は、うちのホテルでも取引のある老舗ブランドの一級品だ。俺好みの酸味強めの一杯を味わっていると、スマホが震えた。

メッセージは遥花からで、お気に入りのキャラクターのリュックサックを背負い、ポーズを決めた紘基の写真が添えてある。今日は保育園の遠足で、張り切っているらしい。可愛らしい姿に、思わず笑みがこぼれる。

スマホの写真フォルダが、すごい勢いでストレージを食い尽くしつつある。大半は紘基の写真やビデオで、三人で撮ったものや遥花と紘基の様子を写したものも多数ある。

遥花と再会して、二か月が過ぎた。三人で過ごす日々は濃密で笑いが絶えず、彼らなしで俺はどう笑っていたのかもう思い出せない。一日も早く家族三人で暮らしたい。その思いは膨らむばかりだ。

これまでは、俺にとって家族との関係はもっとドライなものだった。唯一の例外は十歳下の弟である真紘《まひろ》だが、お互いに実家を出てしまえば、そんなに頻繁に顔を合わせるわけじゃない。

まだ学生とはいえ、もう向こうも立派な大人だし、連絡を取らなくても心配になることもない。

父に会う時間を作ってもらうため、俺の秘書を通して数日前にアポイントを入れた。他人に言えば、『家族なのにわざわざ秘書を通さないと会えないのか』と驚かれそうだが、忙しい父を手っ取り早く捕まえるには、この方法しかない。仕事以外の内容で電話をすることも滅多にないし、父とはもうずっと家族らしい会話はしていない。

創業者の長男として生まれた父とは違い、母は一般家庭の出だったと聞いている。学生の頃に出会った二人は父側の反対を押し切って結婚し、俺が生まれた。

二人の間に、どんな事情があったのかは知らない。俺が物心ついた時には、もう両親は不仲だったし、顔を合わせては言い合いをしているのもよく見かけた。

俺が小学校に入学して間もなく、両親は離婚した。

元々父には仕事に没頭するきらいはあったが、それでも、母と別れる前は家族団らんの時間があったと記憶している。しかし母が家を出た後、父は俺の世話を使用人に預け、ほとんど家に帰って来なくなった。父は今度こそ完全に仕事人間になり、家庭を顧みることはほぼなくなった。

俺は冷めた子供で、特に反抗することもなく、かと言って父や母を求めることもなく、その後の日々を過ごした。母が出て行ったことで、父を責めたこともない。

母とも、もうずっと会っていない。『家を出るなら、子供とは会わせない』、それが父が出した離婚の条件だったと、後年口を滑らせた使用人がいた。

『母は腹を痛めて産んだ子供より、自分の幸せを選んだのだな』と、ちらりとでも思わなかったと言えば嘘になる。しかし、母もそうする他なかったのだろう。きっと父は、会社の後継ぎである俺が、母についてこの家を出ると言い出さないか不安だったのだと思う。この頃から、俺は『自分がアヴェニールホテルズの後継ぎである』ということを強く意識するようになった。

数年後、父は親族から強く勧められた相手と再婚をした。新しく母親になった都《みやこ》さんは良家の出で、実の母よりずっと控えめな性格の人だった。何かと世話を焼こうとしてくれたが、俺もひと通りのことは自分でできるようになっていたし、本当のことを言えば、今さら誰かの手を煩わせる必要もなかった。

だからと言って、彼女に反発する理由もない。必要以上に距離は縮めないが、邪険にもしない。家庭内のもめ事は、実の母と父のことだけでもう十分だった。新しい母とは、それなりに良好な関係を築けていると思うし、家を出た今も、頻繁とはいえないまでも連絡も取り合っている。

俺が小学五年生の頃に、弟が生まれた。ホテルの仕事が順調だったこともあるし、やはり生まれた子供が可愛かったのだろう。以前よりは、家の中で父の姿を見かけることが増えた。

同時に父から話しかけられることも多くなった。しかし彼の俺への興味の中心は、学校の成績や進路といったものばかり。結局俺のことは、会社の後継者としか見ていないのだなと、思い知らされた。

もっと大きくなって学校に通うようになれば、弟のことも俺と同じように自分の事業を受け継ぐ者の一人としてしか見なくなるのだろうと、その頃も思っていた。事業を大きくした父を尊敬はしているが、父のように仕事一筋の人生を送りたいかと問われれば、素直に頷く気にはなれなかった。

父へは完全に見切りをつけ、家の中での俺の関心は、真紘へと移った。突然目の前に現れた赤ん坊は無防備で頼りなく、俺にとって守るべき存在だった。真紘も俺によく懐き可愛かった。

彼が大学生になった今でも兄弟にしては仲の良い方だと思う。まあ、あいつは俺のことを、『弟には財布の紐が緩い使える兄貴』と思ってる節があるが……。都さんが『千紘さんは真紘には甘い』とよくこぼすが、俺はそれに苦笑いを返すことしかできない。

「副社長、お待たせいたしました」

秘書に呼ばれ席を立つ。

「コーヒーありがとう。うまかったよ」

優雅な笑みを浮かべて秘書が会釈する。彼女の案内で社長室へ向かった。

「失礼いたします。副社長がお見えです」

ドアをノックして、秘書が社長室へ入る。続いて入室した俺を一瞥して、父は不機嫌そうな声を出した。

「朝っぱらからなんの用だ」

「おはようございます。何って、約束の件ですよ」

経営不振に陥っているホテルを立て直すことができたら、遥花との結婚を認めるという条件で、三年前、俺はアメリカへ渡った。

「条件をクリアしたので、三年前に交わした約束を果たしてもらいたいと思いまして」

「……なんのことだ」

この期に及んでしらばっくれようとする父に内心舌打ちする。

「日野遥花さんとの結婚のことですよ。お忘れですか？」

「……会ったのか？」

父の中では、とっくに終わったことだったのだろう。遥花は会社を辞め、俺との連絡もままならず姿をくらました。父が勝手に振り込んだ手切れ金も受け取ったと思っている。

「偶然に。運命の再会をしまして」

父は眉をひそめると、呆れた顔で吐き捨てた。

「何が運命だ、バカらしい。第一、業務中に話すことか？」

「アポを入れて社長室に押しかけないと、捕まらないじゃないですか」

おそらく父は、三年も離れて連絡も取らずにいれば、遥花のことは諦めると考えていたのだろう。自棄になった俺が、自分があてがった相手に乗り換える可能性も十分あると考えていたに違いない。ずいぶん見くびられたものだと思う。

しかし、現実は父の思うようにはならなかった。

俺は遥花を諦めなかったし、父の思い通りにもならなかった。出した条件をクリアして、遥花以外の女性と結婚もせず、帰国してしまった。アメリカでの俺の様子は、秘書を通して聞いていたはずだ。期限が迫るにつれ、焦りも感じていただろう。

忙しいということもあるだろうが、父は遥花との一件を持ち出されたくなくて帰国後も俺を避けていた節がある。図星だったのか、父は苦虫を噛み潰したような顔だ。

「……わからんな。いったい彼女の何がそんなにいいのだ。容姿も能力も一般的。良家の出でもなく、結婚したからといって会社にとってプラスになる要素もない」

「彼女は素敵な人ですよ。どんな困難にも負けない強さがある」

「図々しいの間違いじゃないのか。ちゃっかり金は受け取ったぞ」

「それなら退職金と一緒に身に覚えのない金が入金されていたから返してほしいと言

われ、預かっています。彼女は……大人ですよ。こんなに侮辱的なことをされたのに、怒るどころかあなたにちゃんと認めてもらいたいと言っていました」

三年前、あれほど暴言を吐かれ、ひどいことをされたのに、遥花は父のことを少しも悪く言わなかった。彼女の誠実さに、父も気づいてくれたらいいのだが。

「それにしても意外です。母と結婚したあなたが、遥花のことをそんなふうに言うなんて」

「何を言う。都の家は旧華族の出だぞ。しかも一族で銀行を経営している」

もちろん知っている。父が再婚する前から、都さんの親族が経営している銀行がわが社のメインバンクだ。これほどわかりやすい政略結婚があるだろうか。

「そんなことは百も承知です。都さんのことではありませんよ。話しているのは、私の実の母のことです」

今度は、父が感情を乱す番だった。離婚以降、父と実の母の話をしたことはない。彼女のことは、長年我が家のタブーだった。

「……何が言いたい」

「母は一般家庭の出だったはずですよね？　最初の結婚で父さんが選んだのは、社長令嬢でもなければ、政治家の娘でもない。学生時代に出会ったごく普通の女性だった。

性格はまあ女性にしては豪胆な方だったかもしれませんが」

俺が転んで怪我をしても、『これくらい舐めとけば大丈夫！』と笑い飛ばすような人だった。今となっては、よく細かい性格の父と結婚する気になったものだと思うが。

「ひょっとして父さんが遥花との結婚を反対したのは、母さんとのことが関係あるんじゃないですか？」

俺なりに考えてみたのだ。一度は身分や家柄に捕らわれない結婚をした父が、なぜ頑なに俺達の結婚に反対したのか。

「話はそれだけか」

「まだ父さんの返事を聞いていませんが」

「必要ない。俺はそんな結婚は認めない。これ以上は時間の無駄だ。とっとと仕事に戻れ」

手を振って、追い払うような仕草をする。今日はここまでかと諦めて席を立つ。

「近いうちに、彼女を連れて実家に挨拶に伺います」

「その必要はないと何度言ったら……」

「逃げずに待っていてくださいね。失礼します」

プライドの高い父には、一番言われたくない言葉だったはずだ。言葉に詰まった父を振り返ることなく、俺は社長室を出た。

出張が重なり、しばらく遥花と紘基に会えない日々が続いた。寂しがる俺を見かねて、毎晩寝る前に、遥花が紘基とビデオ通話をさせてくれる。

『あっ、パパだ！　パパ～』

「紘基、もうご飯は食べた？」

『あのね、きょうはやきそば』

「焼きそばか、いいなあ。パパは今日忙しくて晩ご飯まだなんだ」

『パパ、ひろくんちくる？　やきそばたべる？』

「えっと、それは……」

行きたいのはやまやまだが、あいにく俺がいるのは東京から遠く離れた北海道《ほっかいどう》だ。

どう話せば、まだ二歳の紘基を傷つけずに断ることができるだろう。

『紘くん、そろそろバイバイしよっか。パパまだお仕事の途中なんだって』

言葉に窮していると、遥花が助け舟を出してくれた。

『パパ、おうちじゃないの？』

『うん、忙しくてまだご飯も食べてないって言ってたでしょ』

『あっ、そっかぁ』

遥花の言葉に納得したようで、紘基が大人しく引き下がる。途端にもう切らなくちゃいけないのかと寂しくなるのだから、我ながら現金なものだ。

『パパおやすみ』

「おやすみ紘基。また明日な」

『あっ、待って千紘さん』

通話を終えようとしたら、遥花に呼び止められた。

「どうした？」

『あの、今週の金曜日ってもう東京でしたよね？』

「ああ、金曜にはそっちに帰るよ」

『実はカシェットで周年記念パーティーがあるんです』

カシェットがオープンして二周年目の今週金曜日、日頃からお世話になっている人や常連に声をかけて、ちょっとしたパーティーを催すのだという。

『よかったら千紘さんもいらっしゃいませんか。紹介したい人もいるので』

「俺が行ってもいいの？」

『もちろんです。千紘さんが来てくださったら、紘基も……私も嬉しいです』

なんて俺を喜ばせるようなことを言う。最近になって、遥花も照れながらも自分の感情を言葉にするようになってきた。我慢したり遠慮したりして言葉を飲み込んできたことを、後悔しているのだという。その結果が、三年間の別離だと考えているのだ。

『もうすれ違って離れ離れになるのは嫌なんです』

遥花なりに、俺達の未来を守ろうと頑張っている。

「スタートは何時？」

『紘基の保育園のお友達やお父さんお母さんも招待してるので、開始は十八時です。少し早めなんですけど、大丈夫ですか？』

それくらいの時間なら、いくつか予定を前倒しして、空港から直行すれば十分間に合うだろう。

「ぜひ参加させてもらうよ」

『ありがとうございます！』

当日の時間や参加予定者の数なんかをざっと聞いて、この日は通話を終えた。

金曜日。夕方の便で羽田《はねだ》に着いた後、そのままカシェットに直行する予定でいた。しかし急遽社に戻ってほしいとの連絡をもらい、タクシーでいったん本社に戻った。

幸い不在中のトラブルはすぐに解決し、数件の報告を聞いて、再びタクシーに飛び乗った。カシェットに着いた時は、パーティーの開始時刻を一時間ほど過ぎていた。

「いらっしゃいませ」

タイミングよくドアを開けてくれたのは、遥花だった。

「遅くなってごめん。これ、よかったらお店に飾って」

「わあっ、綺麗なお花。ありがとうございます！　兄も喜びます」

お祝いにと持ってきたフラワーアレンジメントを渡すと、遥花はぱっと顔を明るくした。店内に入ると、カウンターはすでにたくさんのお祝いの花で埋まっていた。カシェットがどれだけ愛されている店なのかがよくわかる。

厨房から大皿を持った省吾さんが出てくると、歓声が上がった。

「あ、ちょうど新しいお料理が出てきたみたいです。遅くなったし、千紘さんもお腹が空いているでしょう？」

「ああ、実はぺこぺこなんだ」

出張先で昼食をとったきり、その後は何も口にしていない。省吾さんを始め、店員達がテーブルに並べているのは、肉料理のようだ。店内は食欲をそそるスパイシーな香りで満ちている。

「俺も挨拶したいけど、今はちょっと無理そうかな」

料理をテーブルに並べ終えた省吾さんのところへ、招待客達がかわるがわる乾杯をしに行っている。省吾さんも気さくに話しているから、きっとみんな常連客なのだろう。あの中に今割って入るのは、さすがに気が引けた。

「すみません、もうちょっとしたら落ち着くと思うので」

「俺なら構わないよ」

最近はプライベートで会ってばかりで、仕事中の遥花を見るのは久しぶりだ。

黒いスラックスにのりの利いた白いシャツ、長めの黒いシェフエプロン。プライベートでは下ろしている髪を一つで結び、メイクも少々。普段は柔らかなイメージだが、仕事中の遥花は元ホテリエだっただけあって、いつもよりシャープな印象だ。そのギャップに柄にもなく胸が高鳴る。

陽気な音楽と客の話声のせいで、店の中がいつもより騒がしい。俺の言葉がちゃんと届くように、遥花の形のいい耳に顔を寄せた。

「普段の君もいいけど、仕事している時の遥花も素敵だ」

遥花だけに聞こえるように、耳元で囁く。途端に彼女は顔を赤くした。

「千紘さん、こんなところで……」

「いいと思ったところは、すぐ伝えなきゃ」

「お客様の前なのに……」

と呟いて真っ赤になって下を向く。仕事中の凛とした遥花もいいけれど、照れた遥花も可愛い。他の男には見せたくないな、と思う。パーティーが終わったら、紘基と一緒に連れて帰りたいと言ったら、迷惑だろうか。

「遥花、今日はこの後……」

「あれっ、及川？」

「白木じゃないか！」

人の間をすり抜けて出てきたのは、アヴェニールホテル東京時代の同僚だった白木美弦だ。周囲には伏せていた俺と遥花の関係に、唯一気がついていた人物だと遥花から聞かされている。

白木の登場で、誘いの言葉は最後まで言えなかった。遥花も気づいている様子はない。あとでまたゆっくり話すことにしよう。

「白木も呼んでたんだ」

「兄の料理を気に入ってくださったみたいで、美弦さんもよく来てくださるんですよ」

「久しぶりだね。及川、ちょっと老けたんじゃない？」

「その言い草、白木は全然変わってないみたいだな」

同期の気安さでしゃべっていると、遥花が声を上げて笑う。楽しそうな彼女の様子を見ていると、気分がいい。

三人で話していると、「遥花ちゃんも、こっちに来なよ！」と声が聞こえた。呼んだのは、省吾さんもいるグループの一人のようだった。

「行っておいでよ。遥花にもお祝いを伝えたいんだろう」

「すみません、また来ますね。美弦さんもゆっくりしていってくださいね」

そう言うと、遥花は輪の中へと入っていった。

「そういや、今は副社長様か。もう気軽に呼び捨てなんてできないね」

「意地悪言うなよ」

口ではそんなことを言っているが、ホテル勤務時代を思い出して肩の力が抜ける。

白木は昔から、俺を特別扱いせずに気楽に接してくれる数少ない友人だった。

「遥花がずいぶん世話になったって。大変だった時に彼女のそばにいてくれてありがとう」

「可愛い後輩だからね。あんたのことは会ったらずっとぶん殴りたいって思ってたけど……」

「え」

白木なら、本当にやりかねない。思わず一歩後ずさると、「ははっ、冗談だよ」と言いながら、力いっぱい肩を叩かれた。これでも十分痛い。

「本当に大変だったんだ。今まで一人で頑張った分、これからは大切にしてあげてよ」

「もちろんだよ」

即答すると、白木はふっと息を漏らして微笑んだ。「言質取ったから」なんて言っている。同僚の俺なんかより、白木もとことん遥花の味方だ。周囲の人に好かれるのは、遥花の才能だと思う。

もう少し飲んでくるという白木と離れ、店の中を見回していると、厨房の方から「あっ、パパだ！」と、紘基の声がした。俺が来ていることを、紘基にも伝えてくれたのだろう。従業員が出入りする場所に、遥花と二人でいるのが見えた。

「紘基、待たせてごめんな」

紘基が手加減なしで走って来る。俺にぶつかる直前に抱き上げると、子供特有の甲高い笑い声を上げた。

「パパおしごともうない？」

「ああ、今日はもう終わりだよ」

「ずっといる？」

「いるよ」

「やったー！」

そう言うと、紘基が俺の腕の中でばんざいをする。俺に会ってこんなに喜んでくれるのかと、愛しさで胸がいっぱいになる。

「千紘さん」

話している俺と紘基の元へ、遥花がフルートグラスを持ってやって来た。

「遅くなってごめんなさい。シャンパン置いておきますね」

「ああ、ありがとう」

「紘くん、パパもみんなと乾杯するからママのところにおいで」

ドリンクをテーブルに置いて、紘基に手を伸ばす。しかし紘基は遥花を避けて、いやいやと首を振った。

「やー、ひろくんパパがいい」

ぎゅっと首にしがみついて離れない。省吾さんを始め、遥花が普段お世話になっている人達に挨拶もしたいけれど、会って早々引き離すのもなんだかかわいそうだ。

「紘基はしばらく俺が見てるよ」

「いいんですか？」

「ああ、構わないよ」

しがみついたままの紘基の背中をポンポンと優しく叩く。遥花との会話を聞いて安心したのか、紘基はふっと力を抜いて、俺に全身を凭れさせた。

「すみません、それじゃちょっとの間だけお願いします。手に負えなくなったらいつでも言ってくださいね」

「ひろくんおりこうさんだよ！」

紘基がすかさず言うので、思わず噴き出してしまう。

「遥花ー、こっち来られるか？」

調理に戻ったのだろう。厨房から省吾さんが顔を出している。目が合ったので、軽く会釈をした。省吾さんは俺にしがみついている紘基を見て状況を察してくれたらしく、苦笑を浮かべて会釈を返してくれた。まだ厨房も忙しいだろうし、省吾さんのところへはもう少し落ち着いたら挨拶に行くことにする。遥花は一度俺に視線を合わせると、省吾さんの元へ戻っていった。

さて、ここからしばらくは紘基との時間だ。

「パパ、おりる」

「あれ、もういいのか？」

引き離されないとわかったら安心したのか、紘基は抱っこをやめ、下ろすようせがんだ。近くにあった椅子を引き寄せて、二人で並んで座る。紘基は俺の顔を見上げるとにっこりと微笑んだ。すっかり心を開いてくれているようで嬉しい。

「紘基はご飯食べたの？」

「おにぎりたべたよ」

おにぎりがカシェットのテーブルに並ぶとはさすがに考えられないから、それは紘基専用の食事だろう。パーティーが始まる前に食べたのだとしたら、またお腹が空いているかもしれない。

「まだ何か食べたいものはある？」

俺が聞くと、紘基はうーんと考える。

「パパのたまご」

「今日はないんだよな……」

以前うちに泊まった時に食べさせたチーズオムレツを、紘基も気に入ってくれたらしい。遥花も自宅で何度かチャレンジしたそうだが、紘基を満足させるには至っていないようで、たまに思い出しては、『パパのおうちいく。たまごたべよ』とせがまれると言っていた。

「またパパのおうちに来た時に作ってやるな」

「うん!」

頭を撫でてやると、気持ちよさそうに目を細める。触り心地のいい、まっさらなストレート。色も真っ黒で、少し茶色がかって癖のある遥花とは違い、髪質は俺そのものだ。

いくつか料理をとってきて、紘基にも食べさせてみる。

「これはどう?」

「たべる」

さっき出てきたばかりの肉料理を見せると、紘基はうんと頷いた。以前遥花がしていたように、ナイフで小さく切ってから紘基の口へ運ぶ。

「ひろくんこれすき。パパも食べて。はい、あーん」

紘基は俺の真似をして、肉のかけらを刺したフォークを持ち上げる。それをぱくっと口に入れると、面白かったのか、紘基がきゃっと笑い声を上げた。

「美味しいな」

「でしょう？」

「次はどれを食べたい？」

思いがけず訪れた紘基との親子の時間を楽しんでいると、紘基と同じくらいの男の子がやってきた。

「ひろくん、あそぼ」

「せいくん！」

まだ食事の途中なのに、紘基の腕を引っ張って連れて行こうとする。

「紘基のお友達？」

「うん。せいくんっていうの」

遥花が言っていた、紘基の保育園のお友達とはこの子のことなんだろう。近くに両親の姿はないようだから、退屈してたところに紘基を見つけ、一人でやって来たのかもしれない。

「勢くん、ごめんね。紘基はまだご飯の途中なんだ。食べ終わってからでもいいかな？」

俺が言うと、勢くんは不思議そうに首を傾げた。

「ひろくん、このひとだぁれ？」

「ひろくんのパパだよ」

「うそだぁ。ひろくんちパパいないっていったじゃん！」

「……うそじゃないもん」

友達に嘘だ、なんて言われて小さいなりに傷ついたのだろう。紘基の顔がみるみる曇っていく。

「紘基おいで」

座っていた紘基を抱き上げると、紘基は不安そうな顔で、「パパはひろくんのパパだよね？」と呟いた。

「ああ、間違いなく紘基のパパだよ。勢くんにもちゃんとご挨拶するね」

紘基を抱いたまま、しゃがんで勢くんと目線を合わせる。

「はじめまして勢くん。僕が紘基のパパだよ」

ちゃんと伝わってないのだろうか。勢くんはきょとんとしたままだ。

「んー、じゃあどうしていままでいなかったの？」

「お仕事で遠くに行っていたんだ。だから紘基ともずっと会えなかったんだよ」

この説明で、紘基と同じくらいの子に、ちゃんと理解してもらえたのだろうか。

「じゃあ、もうずっとひろくんといるの？」

「ああ、これからはずっと一緒だよ」

そう答えると、それまでとは打って変わって、勢くんが笑顔を見せた。

「わあ、ひろくんよかったね。ひろくんのパパ、ずっといっしょにいるって！」

「うん！」

ようやく紘基が泣き止み、俺の膝から降りる。勢くんが友達思いの優しい子だとわかって俺もほっとする。

「パパ、ひろくんもうごちそうさま。せいくんと遊んでいい？」

「いいよ。行っておいで」

勢くんと手を繋ぎ、紘基が他のお友達のところに駆けていく。その様子を微笑ましく眺めた。

省吾さんへの挨拶もすませ、常連客のグループと飲んでいると、仕事が一段落したのか遥花がやってきた。

「千紘さん、ちょっといいですか？」

一緒に飲んでいた人達に断って、席を外す。時刻は九時になろうとしている。そろそろパーティーもお開きになる頃だろう。

「この前の電話で紹介したい人がいるって言ったじゃないですか」

「ああ、そうだったね」

「最後にいいですか？」

「もちろん」

遥花の知人に紹介してもらえるなんて、こんなに光栄なことはない。遥花と一緒に奥のテーブルに進むと、年配の女性が腰掛けていた。

おそらく俺の親くらいの世代だろうか。一目でそうとわかるハイブランドのワンピースを嫌味なく着こなしていて、スタイルもよくて若々しい。

「お待たせしてすみません、真由美さん。ご紹介しますね」

「はじめまして。紘基の父親の及川千紘です」

近づいて声をかけると、その女性は信じられないものでも見るかのように目を見開いた。

「……及川千紘ですって？」

まるで俺のことを知っているかのような口ぶりだ。不思議に思って相手の女性の顔を見る。固まったまま動かないでいるその人を見て、息を呑んだ。

もう随分会っていないから、記憶の中のその人とは若干違う。でも見間違えようがない。気の強そうな眉、俺とよく似た切れ長の目。美しい人だが、強めの目元のせいで少し冷ややかな印象を与える。そして見た目以上に口が達者なのは、おそらく変わっていないだろう。けんかをすれば、あの父ですら口ごもっていた。

「……ひょっとして、母さん？」

「えっ？」と遥花が声を上げる。

先に俺の名を呼んだくせに、いざそう呼ばれると驚いて体をぴくりと震わせた。

「あなたが紘くんの父親？　いったいどういうことなの？」

「聞きたいのはこっちだよ。どうして母さんがこの店にいるんだ」

「私はここのオーナーなのよ。元々省吾くんと知り合いだったの」

カシェットをオープンさせる時に助けてくれた人がいたというのは聞いていた。それがまさか、母だったなんて。

「千紘さん、真由美さんが母親ってどういうことですか？」

遥花もなかなか理解が追いつかないようで、俺と母の顔を見比べて慌てている。

「本当に母なんだ。ちゃんと会うのは、たぶん二十年ぶりくらいなんだけど」

「ええっ？」

これだけ驚いているということは、遥花も知らなかったのだ。こんな偶然があるだろうか。あまりの展開に言葉を失っていると、母が暗い声で聞いてきた。

「どうして三年も、遥花ちゃんを放っておいたの」

「俺だって好き好んでそうしていたわけじゃないんだよ」

母はどこまで知っていて、どこから知らないのだろう。遥花や省吾さんがそう簡単にプライベートのことを漏らすとは考えられないから、相談でもされていたのだろうか。

少し強めの口調で言い返すと、母ははっとした顔をして、目を伏せた。

「ごめんなさい、遥花ちゃんからおおよその話は聞いて知っているの。でも、まさかそれが自分の息子だったなんて知らなくて」

確かに俺のしたことは、褒められたことじゃない。遥花に近しい人達からすれば、今頃のこのこやって来てどういうつもりだと、声を荒らげたくもなる気持ちもわかる。省吾さんは言わずもがな、白木の反応ですら優しい方だ。

「こうなる前に、なんとかできなかったの？　遥花ちゃんがいなくなった時にあなたが帰国していたら、話は違っていたでしょうに」

「色々事情があるんだよ」

「けんかしちゃだめー！」

突然紘基が飛び出してきて、俺と母の間に立った。小さな両手を精一杯広げている。

「大丈夫、けんかなんてしないよ」

「ほんとう？」

まだ疑うような目をして、俺に問いかける。

「本当だよ。ちょっとびっくりしただけなんだ」

「なんでびっくりしたの？」

父親のことでも混乱しただろうに、急に祖母まで現れて、紘基の小さな頭がパンクしてしまわないだろうか。

「この人はね、パパのお母さんなんだ」

「パパの――おかあさん？　パパにもおかあさんいるの？」

「いるよ、もちろん」

けんかじゃないとわかって安心したのか、紘基がにこっと微笑んだ。その可愛い姿を見て、母がくしゃっと顔を歪める。

「――あなたが父親っていうことは、私が紘くんのおばあちゃんなの？」

「そういうことになるね」

気がつけば、店内の注目を浴びている。先ほどの紘基の声が気を引いてしまったようだった。

「これ以上ここで話すのはちょっと……」

「そうね、やめておきましょう」

このまま続けたら、お祝いの席が台無しになってしまう。いったん母と離れ、なんとかパーティーをやり過ごした。


パーティーを終え、省吾さんのご厚意で、閉店後の店内で話をさせてもらえることになった。大勢の人の中で興奮して、電池が切れるように眠ってしまった紘基は、省吾さんがタクシーで連れ帰ってくれることになった。

「一人じゃ大変だろうから、私も手伝うよ」

どういうわけか、白木も一緒に名乗りを上げる。自分も一緒に帰ると言う遥花を引き留めたのは、母だった。

「久しぶりの親子の再会に、私がいて水を差すわけには……」

「何言ってるの。元々娘のように思っていたけれど、あなたはもう私の家族だわ。それに、これから話すことはたぶん遥花ちゃんにも無関係じゃないと思うの」

そう言われたら、遥花も無下にはできない。結局三人で、話をすることになった。

照明を落とした店内で、母と、その反対側に俺と遥花が並んで向かい合う。母は遥花が淹れてくれたコーヒーを一口含むと、ゆっくりと口を開いた。

「確認のため聞くけれど、千紘と遥花ちゃんが一度別れることになったのは、あなたのお父さん——彰紘《あきひろ》さんのせいなのよね？」

「ああ、そうだよ」

「千紘には会社のために政略結婚をするように言って、遥花ちゃんには千紘は見合わないから別れるように迫った」

「要約すると、そういうことになるかな」

俺が条件をクリアすれば結婚を認めると言ったのも、実際は二人の物理的距離を引き離すためだった。その上で、俺には見合いをさせ、遥花には嘘を信じさせて別れさせた。しかも俺に遥花の居所が知られないように部下まで買収する徹底ぶりだ。

「彼があなた達にそう強要したのは、私にも責任の一端があるかもしれないわ」

「どういうこと？」

母は俺だけではなく、父ともずっと会っていなかったはずだ。別れて二十年も経とうというのに、遥花とのことに、なぜ母が関係あるというのか。

「……恋愛結婚した私とは、失敗してるからでしょうね」

結婚の報告をした時、父も俺同様に家族の反対にあったそうだ。しかし二人はそれを押し切って結婚した。

「幸せだったのよ。でも彰紘さんと私は、すぐに衝突するようになってしまったの」

当時は、母の出自について――とは言っても、母はごく普通のサラリーマンの家庭の出だ――、揶揄いや蔑みの言葉を吐く人間は、身内に限らず多かったという。

父も庇ってはいたが、目の届かないこともある。母も我慢してきたが、とうとう限界に達した。

「いつしか外の世界に焦がれるようになったわ。でも、彰紘さんはそれを許してはくれなかったの」

俺が小学校に入って、以前よりいくらか手を離れた頃、母は外で働きたいと父に頼んだ。結婚前は商社の貿易部門で、営業アシスタントとしてバリバリ働いていた人だ。その気になれば、いくらでも仕事はあっただろう。会社員時代の伝手もある。しかし、父は母の願いを突っぱねた。

女性も社会進出をする時代になっていたとはいえ、両親が属しているのは保守的な世界だ。母が外で働けば、「及川家の妻が外で働くなんて外聞が悪いと」身内にはさらなる燃料を投下するだけだったろう。それより子供が手を離れたのなら、及川の妻としてもっと社交にも精を出してもらえないかと言われたそうだ。

「それでプチンときちゃったのよね」

きっと父には、周囲の雑音から母を守りたい気持ちもあったのだと思う。しかし二人は完全にすれ違ってしまった。

本来は活動的な性分なのに、家にいて、よき妻よき母でいることを強いられ続けた母。跡を継いで間もない家業を守り、周囲には事業拡大を期待され、何千にもなる従業員の生活を守らなくてはならないという重圧と戦い続ける父。家に帰っても癒しは得られず、ただでさえ身内と母との間に入って疲労していたところ、母ともけんかが絶えなくなった。

「彰紘さんも擦り切れてしまったのだと思うわ。最後は会話すらなかったもの」

母が離婚を申し出ると、父は俺を残していくことと、二度と会わないことを条件に、了承したという。

「……つまり、親父は自分がうまくいかなかったから、俺も同じような目に遭うと？」

「そう考えていても不思議じゃないわ」

父と母はそういう結末を迎えたのかもしれないが、俺と遥花もそうなるとは限らない。やはり父は、俺のことを見くびりすぎだ。

「そんな、バカらしい。だからって、ここまでするか？　遥花がどれだけ傷ついたと思ってるんだ」

「ち、千紘さん！」

俺の口ぶりに驚いた遥花が、慌てて止めようとする。判断を間違えないよう、普段から冷静であるよう心がけているが、今回ばかりは無理だった。

「俺にはわからないよ。だからって、どうしてここまでする必要がある？　親父は遥花の人生を狂わせたんだぞ」

父が掻き回さなければ、遥花一人に苦労させることなく、俺達は最初から家族としてスタートを切れたはずだ。

「彰紘さんは遥花ちゃんのことを犠牲にしても、あなたのことを守りたかったんじゃないかしら」

「……は？」

思わず耳を疑った。会社のことばかりの父が、俺に対してそんな愛情を持ち合わせているとは思えない。

「会社のためを思ってってていうのも、本当だと思うわ。でも千紘に自分と同じような思いをさせたくないって気持ちも本当だと思う。あなたは覚えていないかもしれないけれど、千紘が生まれた時、彰紘さんすごく嬉しそうだったのよ。あなたのこと、すごく可愛がってた」

俺の中にある、わずかな記憶。実家の庭で俺の相手をする父の顔は、今の姿からは想像もできないほど穏やかな笑顔で満ちていた。

「不器用な人だから、愛情の示し方が極端なのよね。……難しいとは思うけれど、もう一度腹を割って話してみて」

それでも頷けずにいる俺の手に、遥花がそっと手を重ねる。はっとして視線を合わせると、遥花は優しく微笑んで頷いた。俺に力をくれる笑みだ。この温もりを二度と離したくない、一生をかけて守りたいと思う。

「すぐに認めてもらうのは無理かもしれません。それでも、何度でも二人でお願いにいきましょう。ね、千紘さん」

「……ああ」

ようやく頷いた俺を見て、母は安堵のため息を漏らした。

店までタクシーを呼び、三人一緒に外に出た時は、深夜に近い時間になっていた。

「一人で大丈夫？」

「大丈夫よ。何年一人でやってると思ってるの！」

心配する俺を見て、からからと笑う。

母はこの後、一人の部屋に帰るという。及川家を出た後もずっと一人でいたようだった。

「母さんは、誰かと再婚しようとは思わなかったの」

「まったく、オブラートに包まないところは私に似たのかもね」

ストレートな質問に苦笑を見せつつも、母は真面目に答えてくれた。

「……なかったわね。会社を興してずっと必死だったし、出会いもなかったし。結婚は向いてないって身に染みてわかったしね」

ふっと息を吐いて、母は続けた。

「恋愛とか結婚とか、無意識に避けていたのかもしれないわ。私だって臆病なところもあるのよ」

離婚は結婚より大きなパワーが必要だと聞く。自分の意志で家を出た母も、それなりに痛みを背負って生きてきたのかもしれない。きっと母には母の、アフターストーリーがあるのだろう。いつか聞いてみたいと思った。

「来たわね」

到着したタクシーに乗り込むと、母はウィンドウを下げて顔を出した。

「今日はありがとう。二人とも頑張ってね。少なくとも、私はあなた達の味方だから」

「ありがとう、心強いよ」

くしゃっとした笑顔を見せると、母は手を振って去っていった。

8

カシェットの二周年パーティーの翌週末、私達は千紘さんに連れられて彼の実家へ向かった。真由美さんからの話を受け、千紘さんも今度は腹を割って社長と話をしたいと考えたそうだ。

「パパ、ひろくんかっこいい？」

「ああ、すっごくかっこいいぞ」

いつもとは違うよそ行きの格好をさせられ、チャイルドシートに乗せられていても、大好きなパパが一緒だからか、紘基はぐずることもなく上機嫌だ。

一方の私は、緊張してなかなか寝つけなかった。しかも朝早くに紘基から起こされて、かなり寝不足だ。朝ご飯も少ししか喉を通らなかった。

「遥花、大丈夫？　あまり顔色がよくないみたいだけど」

信号で停止した隙に、千紘さんが後部座席を振り返った。

「緊張して、あんまり寝られなかったんです」

頑張ってメイクをしたけれど、きっと濃いクマは隠せていないだろう。顔色も悪いなら、余計に貧素に見えてしまうかもしれない。

「せっかくの機会なのに、こんな顔しててすみません」

「全然問題ないよ。遥花はいつも可愛いし」

「なっ……」

千紘さんの愛情表現は、時に爆弾のようだ。そんなふうに言ってくれるなんて嬉しいけれど、照れくささの方が勝って顔が熱を持つ。

「なー、紘基。ママはいつも可愛いよな？」

「うん、ママがいちばんかわいい！」

「お、血色もよくなった」

赤くなる私を見て、千紘さんが微笑む。いつの間にか、紘基とのコンビネーションもばっちりだ。

「着くまでもう少しかかるから、眠れそうなら寝ていていいよ」

ありがたいけれど、とてもじゃないが眠れそうにない。

「無理なら、目を閉じて体を休めてて」

紘基はモニターに映し出されたアニメに夢中だ。この調子なら、少しだけでも休めるかも。

「すみません、そうさせてもらいますね」

「紘基、ママちょっとだけねんねするから、シーね」

「わかった。しー」

紘基が千紘さんの真似をして、人差し指を立てている。その光景を微笑ましいなと思いながら目を閉じた。


「ママー、ついたよ」

誰かが頬をペチペチと叩いている。目を開けると、頬に触れていたのは紘基の小さな手のひらだった。

「顔色はまだ戻らないみたいだけど、本当に大丈夫？」

「ちゃんと休めましたよ。大丈夫です」

疲れた顔をしている場合じゃない。笑顔で返すと、千紘さんは少しだけほっとしたようだった。実際、靄がかかったみたいにどんよりとしていた頭の中が、さっきよりもすっきりしている。

「紘くんも静かにしてくれてありがとう」

「どういたしましてー」

紘基を下ろすために、千紘さんが二列目のドアを開けた。まだベルトを解いていないのに、紘基は千紘さんに抱き着こうと両腕を伸ばしている。

「パパだっこ」

「ちょっと待って紘基。今ベルトを外すから」

会えずにいた時間を取り戻すように、紘基は千紘さんに甘えている。千紘さんも思っていたより早く懐いてくれたのが嬉しかったらしく、目の中に入れても痛くないような可愛がりようだ。

私も車を降りようとすると、すかさず千紘さんが反対側に回ってきた。

「気をつけて」

腕には紘基を抱いたまま、私に向かって手を差し出す。

「ありがとうございます」

「遥花の手、すごく冷たい。まだ緊張してる？」

「……はい」

三年ぶりに、社長に会うのだ。緊張しないはずがない。

歓迎されないことはわかっている。しかも今日は紘基を連れている。勝手に子供を産むなんてと、詰られるかもしれない。

私は何を言われてもいい。気がかりは、紘基のことだ。

真由美さんは離婚して及川家を出た時、社長から『二度と千紘さんと会わせない』と言われたそうだ。後継ぎである千紘さんが、及川家を出て行くことを恐れたからではないかというのが、真由美さんの見解だった。

紘基は及川家の血を受け継いでいる。結婚は認めない。しかしゆくゆくは跡を継がせるから、紘基は渡さないと言って取り上げられてしまったら……。私はこの先、正気ではいられないだろう。

悪い想像で頭がいっぱいになり、緊張も相まって震え出した私の手を、千紘さんがぎゅっと握りしめた。顔を上げると、千紘さんが私を心配そうに見つめていた。

「そんなに怖がらなくていい。遥花と紘基は必ず俺が守るから」

「……はい」

そうだ、もう三年前とは違う。私達には千紘さんがいる。彼のためにも、この結婚を認めてもらわなくては。

「行こう」

繋いだ手をそのままに、彼は歩き出した。

車五、六台が余裕で停められそうな駐車場を出て庭に入る。よく手入れのされた英国風のガーデンは、千紘さんのお母さま――真由美さんではなく義理のお母さま――の趣味だそうだ。季節は初夏に差し掛かり、幾種もの薔薇《ばら》の花が咲き誇っている。

「おはないっぱいね」

「ああ、綺麗だろう。あとでお散歩しような」

「やったー、おさんぽ！」

紘基は千紘さんの腕から抜け出すと、玄関へと続く小道を走り出した。こんもりと茂ったラベンダーやオルレアに紛れて、小さな紘基を見失ってしまう。

「紘基待って。走ったら危ない――」

その瞬間、ドンッと何かがぶつかるような音が響く。

「うわっ、びっくりした！　え、子供？」

薔薇のアーチをくぐった先で、千紘さんとは違う男性の声がする。慌てて駆け寄ると、尻もちをついた二十代前半くらいの男性と、おそらくその男性とぶつかって転んでしまった紘基が向かい合っていた。

「紘くん、大丈夫？」

地面に両手とお尻をつけて、泣きじゃくる紘基を抱き寄せる。手のひらに少し血が滲んでいるけれど、見たところ大した怪我はなさそうだ。

「すみません、うちの子が……」

「なんだ真紘、こんなちっちゃな子に押し負けたのか？」

謝ろうとすると、私達に追いついた千紘さんが、男性に声をかけた。

「あれ、兄さん？ってことは……え？」

千紘さんに『真紘』と呼ばれた男性は、私と紘基を困惑した表情で見ている。

「痛かっただろ。おいで紘基」

千紘さんが膝をつくと、紘基が「パパー」と叫んで手を伸ばした。千紘さんが紘基を抱き上げる。

「……パパ？」

男性は、今度は千紘さんと紘基を見て比べて、目を丸くした。

「いつまでそうしてるんだ真紘。どこか痛めたのか？」

「いや、どうもないけど……」

「ほら」

千紘さんが差し出した手を掴んで、ようやく真紘さんも立ち上がった。

背丈は、千紘さんとそう変わらない。でも彼よりも細身で、切れ長の目をしている千紘さんに対して、真紘さんはぱっちりとした二重で、幾分顔立ちが甘い。

「遥花、こいつが弟の真紘。まだ大学生でブラブラしてる」

「ブラブラってひっでえ。真面目に大学行ってるし、俺って結構優秀だよ」

「そうなのか？」

「どんだけ俺に興味ないんだよ」

なんて言い合いながら、顔を見合わせて笑っている。これは相当な仲良しだと思う。

千紘さんと真紘さんの間に挟まれた紘基も、いつの間にか泣き止んでいた。

「彼女は日野遥花さん。で、こっちは息子の紘基。今二歳なんだ」

「はっ、はじめまして。日野遥花です」

頭を下げると、真紘さんは人なつっこい笑みを返した。私達のことを歓迎してくれているようで、ほっとする。

「及川家へようこそ、遥花さん。……それにしても驚いた。彼女を連れてくるとは聞いてたけど、まさか子供がいるなんて。なんで隠してたの？　兄さんにそっくりじゃん」

「紘基のこと、言ってなくて悪かった。あとでゆっくり説明するよ。……ところで、父さんは？」

「母さんと中で待ってるよ。俺は二人に言われて様子を見に来たんだ」

ということは、社長も私に会うつもりで待っているということだ。門前払いも覚悟していたけれど、少しは可能性があるのかもしれない。

「わかった。行こう、遥花」

「はい」

私は、覚悟を決めて頷いた。

真紘さんに続いて玄関に入る。洋風な庭に反して、家の中は和風にアレンジされていて、大きな壺に季節の花が生けてある。

「綺麗ですね」

千紘さんが住んでいるマンションのように、フローリストに依頼しているのだろうか。なんて贅沢なのだろうと思ったら、真紘さんによると、これは奥様の作品だという。

「そこそこ歴史のある家の出だからね、お茶だとかお華だとか書道だとか、ひと通りできる人なんだよ」

特に華道は師範の資格を持ち、自宅で教室も開いているという。社長が私のことを『千紘さんとは不釣り合い』だと切り捨てるはずだ。育ちが違うとはこのことかと思い知らされた。

でも、落ち込んでいる場合じゃない。紘基のためにも結婚を認めてもらわなくてはと前を向く。

真紘さんに案内され、板張りの長い廊下を歩いていくと、広々とした吹き抜けの空間に出た。どうやらここがリビングらしい。

大きな窓からは、先ほど私達が歩いてきたイングリッシュガーデンがよく見える。その手前、中央に置いてあるソファーセットに見覚えのあるグレイヘアの男性と、ふわりとした雰囲気の着物姿の女性が腰掛けているのが見えた。

「連れてきたよ」

真紘さんの声に、二人が振り向く。真紘さんはそのまま、一番外側の席に座った。彼も私達のことを見届けるつもりなのだろう。

社長は三年前と変わらない厳しい表情を私に向けた後、千紘さんの腕の中にいる紘基に焦点を合わせた。途端に動揺した顔になる。社長の奥様——千紘さんの義理のお母さんも、紘基を見て、「まあ」と驚いた顔をしている。

「お待たせしてすみません。遥花もこっちへ」

「日野です。ごぶさたしています」

千紘さんと一緒に一礼して、紘基を真ん中にして社長と奥様の向かい側の席に座った。それでも社長の視線は、紘基に向いている。

「……千紘、この子は？」

「俺と遥花の子だよ。紘基っていうんだ。二歳になる」

いよいよ私の番だ。震える声で口を開く。

「千紘さんが渡米してすぐ、紘基がお腹の中にいることがわかったんです。どうしても諦めたくなくて……。皆さんにご相談もせず、勝手をして申し訳ありません」

社長はまだ、信じられないとでも言いたげな顔をしている。長いため息を吐くと、千紘さんを向いた。

「千紘も知らなかったのか」

「三年間、遥花がどこにいるかも、生きてるのかもわからなかったんだ。知りようがないだろう！」

三年前のことに話が及ぶと、どうしても千紘さんも語気が荒くなる。紘基も普段とは違うパパの様子に驚いている。

「千紘さん、落ち着いてください」

冷静になってほしくて、彼の二の腕辺りにそっと触れる。千紘さんははっとして、紘基を見た。驚きと不安が入り混じった表情で、千紘さんを見上げている。

「びっくりしちゃったな。大きな声を出してごめんな、紘基」

「ひろくんだいじょうぶだよ」

紘基は千紘さんの膝によじ登ると、ぎゅっと抱き着いた。千紘さんも愛おしそうに紘基の頭を撫でる。その様子を見て、今まで黙って様子を見守っていた奥様が「ふふっ」と頬を緩めた。

「何がおかしいんだ」

緊張感あふれるこの状況で笑みを浮かべる奥様を見て、社長は不機嫌そうにしている。

「だって、微笑ましいんですもの。紘基くんは、千紘さんによく懐いているのね」

笑顔のまま、奥様が私を見た。まさか話しかけられるとは思っていなくて、つい反応が遅れてしまった。

「……あ、そうなんです。千紘さんも子供の相手が上手だし、紘基もすぐに打ち解けてくれました」

私の話に、奥様が納得したように首を振る。

「千紘さんは、ずっと真紘の面倒を見てくれてたものね。おかげで、真紘は今でも千紘さんのことが大好きなのよ」

「何余計なこと言ってんの」

「あら、本当のことじゃない」

真紘さんがムッとした顔で言うと、奥様も負けじと言い返す。千紘さんから奥様は『控えめな人』だと聞いていたから、こんなに軽妙なやりとりをする方だとは思っていなかった。ちょっと意外だ。

「紘基くん、退屈じゃないかしら。お菓子は食べさせても大丈夫？　アレルギーとかないかしら」

「お気遣いありがとうございます。大丈夫です」

「よかったわ。遠慮しないで食べてね」

紘基は奥様からお皿に並んだクッキーをもらうと、きらきらと目を輝かせた。

「パパ、これおはなのかたち」

「綺麗だね。紘基、こっちは葉っぱだよ」

「わぁー！　ねえ、たべてもいい？」

「いいよ。こぼさないようにな」

クッキーを頬張る紘基を見て、奥様は目を細めている。

「本当に可愛いわ。千紘さんの小さい頃もきっとこんな感じだったんでしょうね。あなたも、すっかりお父さんなのね……」

感慨深そうに言う奥様に、千紘さんが「いや……」と首を振る。

「俺なんてまだまだですよ。今までそばにいてやれなかった分、これからは家族との時間も大事にしたいんです」

そう言って、紘基の頭を撫で、愛おしそうに見つめている。そんな千紘さんを見て、奥様は何度も頷いた。

「そう、千紘さんはちゃんと父親になる覚悟ができてるのね。私はいいと思うわ」

私達のことを前向きに考えてくれているようだ。しかし奥様に反して、社長は相変わらず厳しい表情のままだ。

今のこの状況をどう思っているのかわからない。不安に感じて千紘さんに視線を送ると、彼は微かに頷き前を向いた。

「父さん、俺には遥花が必要なんだ。三年経っても、その気持ちは変わらない。それに紘基のこともある。一日でも早く、家族三人での生活を始めたいんだ。二人の結婚を認めてほしい」

「私達の結婚を認めてください、お願いします！」

千紘さんと一緒に頭を下げる。数分にも思える長い時間の後、ようやく社長が口を開いた。

「日野さん」

「はい」

千紘さんではなく、社長はまず私に声をかけた。

「一つ確認したいんだが」

「はい」

「三年前、君は私が言ったことを覚えているか」

「……もちろん、全て覚えています」

込み入った話になることを察したのだろう。

「紘基くん、向こうのお部屋にちっちゃなわんちゃんがいるの。一緒に遊んであげてくれないかしら？」

「わんちゃん？」

動物が好きな紘基が、期待を込めて千紘さんと私を見る。千紘さんが「行っておいで」と声をかけると、紘基は嬉しそうにソファーから立ち上がった。

「紘基くんのことは、私が見ていますね。さ、真紘も行きましょう」

「え、俺も？」

一瞬不服そうな顔をしたけれど、ここは従うべきだと思ったのだろう。真紘さんも席から立ち上がり、奥様に続いた。

三人が部屋を出て行くのを見届け、私達と社長は再び向かい合った。

社長にかけられたのは、どれも厳しい言葉ばかりだった。彼のいる環境と、自分が生まれ育った環境の違いを思い知らされたし、何も持たない自分が情けなかった。

「千紘や真紘は、幼い頃からアヴェニールホテルズの後継者候補として教育を受けてきたからよくわかっていると思うが、経営者というのは、孤独な存在だ。傍から見れば金と権力を手に入れ、優雅に暮らしているように見えるかもしれないが、常にプレッシャーに晒され、周囲には敵も多い。大きな責任を負っているから、どうしても仕事に多くの時間を割かざるを得ない。特に事業を継いですぐは、それこそ家庭を顧みる暇もないだろう」

きっとこれは、社長の実体験なのだろう。言葉の全てに重みがあり、説得力もある。

「大変なのは、本人だけではない。その妻や子供達にも相応の役割がある。交流を広げ、人脈を得るために様々な場に出て行かなくてはならない。都もああ見えて、複数の慈善団体や後援会などの代表を務めている。会社のために自分の時間を犠牲にして動いてくれているのだよ」

おっとりとした美しい人という印象だけれど、奥様も相当なやり手なのだろう。

「都の家は旧華族の出で、同じく事業をしている。幼い頃から、努力して身につけた教養や知識があるからこそ、及川家の嫁としてやっていけている。対して君には何もない。千紘の妻としてやっていくなら、まさしくゼロから覚えていかなければならない。それに、君の周りも味方ばかりではないだろう。出自や学歴、千紘との出会いや子供のことを知って、……まあ、私が言えることではないが、君を貶めるような言動をする者も決して少なくはないはずだ。苦労をするとわかっていて、この世界に飛び込む、その覚悟が本当に君にあるのか？」

思わず息を呑む。うっすらとは想像していたけれど、社長から直接聞かされる話は相当な重みを持って私にのしかかってくる。

「私は、最初の結婚を失敗している」

真由美さんのことだ、と千紘さんと視線を合わせる。まさか社長の口から、真由美さんの話を聞かされるとは思っていなかった。

「相手は、一般家庭の出だった。彼女もそれなりの覚悟をして嫁いできてくれたとは思うが、ここでの暮らしを窮屈に感じていたようだ。私も事業を継いだばかりで彼女に十分な時間を割く余裕がなく、衝突を繰り返し、最後は私に愛想を尽かして、家を出てしまった」

真由美さんは、社長は最初の結婚生活に疲弊していたと言っていた。きっと話で聞く以上に大変だったのだろう。

「結婚生活の最後は、互いに罵り合って悲惨だったよ。君も無理だと思うなら、この結婚は諦めてくれないか。子供のことはきちんとするし、養育費も出す。……私は、千紘にはそんな思いはさせたくないのだよ」

真由美さんが言っていたのは、本当だった。吐き出された本音が胸を打つ。そっと千紘さんを窺うと、彼は怒りと困惑が混ざったような、なんとも言えない顔をしていた。

自分の過去と千紘さんを切り離して考えようとしない社長に、憤りを感じているのかもしれない。そして、社長の中にも千紘さんを想う気持ちがあったことを改めて知って、動揺しているはずだ。

もうこれ以上、彼にこんな顔をさせたくない。私は、ソファーから立ち上がった。

「おっしゃる通り、私には何もありません。それでも千紘さんは、何も持たない私を愛してくれました。……紘基のことも一言も責めず、会ったその日から父親として紘基のことを大切にしてくれました。千紘さんにもらった愛を、私も返していきたい。

彼がそうしてくれたように、私も彼のことを支えていきたいんです。何があっても負けません。お願いです。千紘さんとの結婚を認めてください！」

拙い言葉だと、呆れられたかもしれない。それでも自分の気持ちを精一杯伝えると、私は深く頭を下げた。

「俺からもお願いします」

千紘さんが立ち上がる気配がして、顔を上げる。目が合うと、彼は私の肩を抱き寄せた。

「遥花のことは、俺が必ず守るし、この先どんなことがあっても、二人で支え合って生きていく。父さんが心配しているようなことには絶対にならない。だから、結婚を認めてほしい」

私の肩を抱く手に、力がこもる。千紘さんの真剣さを確かめるように、社長はまっすぐ見定めるような視線を向けた。

「千紘も、日野さんも、覚悟はできているということだな」

鋭い視線が、今度は私へと向く。気圧されそうになるのを懸命にこらえ、私は真摯な眼差しを向けた。

「はい」

どれくらいの時間が経ったのだろう。社長はしばらく目を閉じて考え込むと、ゆっくりと口を開いた。

「……わかった。二人の結婚を認めよう」

千紘さんと顔を見合わせる。

「ありがとうございます」

二人揃って、深く頭を下げた。顔を上げると、千紘さんがまだ難しい顔をしていた。

「千紘さん？」

「父さん、一つだけお願いがあります。三年前、父さんがあんな嘘をつかなければ、俺達が離れ離れになることはなかった。どんな理由があったとしても、人として許されることじゃない。……遥花に謝ってください」

まさか千紘さんがそんなことを言い出すとは思わず、慌てて彼を止めた。

「もういいんです。これからは三人一緒にいられるんですから」

「いや、千紘の言う通りだ」

社長はソファーから立ち上がると、まっすぐ私を見据えた。

「私は君に散々ひどいことを言った。千紘のためと言いながら、何でも自分の思い通りにしようとしたのが、私の驕りだったんだ。結果、君達の人生を狂わせてしまった」

決して褒められたやり方ではないけれど、社長なりに千紘さんのことを想っての行動だったのだと、今ではわかる。社長も自分は間違っていないと思っていただろう。その信念が紘基の存在を知って、揺らいでしまった。

社長が私達を引き裂いたのは、子供である千紘さんのことを想っていたから。でもその行動が、結果的に紘基を父親のない子にしてしまった。紘基の人生の始まりを変えてしまったことを、後悔しているのだ。

「二人とも本当に申し訳ない。紘基くんにも、謝りたい」

「お話は終わったかしら？」

タイミングを見計らったように、奥様と真紘さんが紘基を連れてきた。

「ああ、終わった。結婚の許しをもらえたよ」

「まあ、本当？　おめでとう千紘さん！」

両手をぱちんと鳴らして、奥様が笑顔を浮かべる。

「遥花さんもおめでとう」

「ありがとうございます」

早速祝福を受けて、夢のようだ。真紘さんも混ざって喜び会っている中、社長――お父さまがおずおずと紘基に近づいた。

「紘基くん、君にも悪いことをした」

「おじちゃん、わるいことしたの？」

無邪気な笑顔を浮かべる紘基に、お父さまはばつの悪そうな表情を浮かべる。

「わるいことをしたらね、ごめんなさいするんだよ」

紘基に言われ、どこか吹っ切れたような笑みを浮かべた。

「そうだね。悪いことをしたら、ちゃんと謝らなきゃいけない。紘基くん、ごめんね」

「いいよ！」

いとも簡単に、紘基は許してしまう。そんな紘基を中心に笑い声が上がる。

「紘基は器の大きな男だな。きっといい男になるよ」

真紘さんの言葉に、また笑い声が上がる。

「遥花さん、その……紘基くんを抱かせてもらってもいいかな」

「はい、もちろんです」

「あなたったら、本当は紘基くんを抱っこしたくて仕方なかったのね」

素直じゃないわねぇと、半ば呆れ顔で奥様が言う。千紘さんが小さい頃も、とても可愛がっていたというし、社長は本当は子供好きなのかもしれない。

「パパ、このおじちゃんだぁれ？」

「この人はパパのパパ。紘基のおじいちゃんだよ」

「おじいちゃん？　こっちはおばあちゃん？」

「そうよ、紘基くん。仲良くしてね」

お母さまにも頭を撫でられて、紘基は嬉しそうにしている。そしておもむろに真紘さんを振り向くと、口を開いた。

「パパこのひとのおなまえは？」

「真紘おじちゃんだよ」

千紘さんに言われ、真紘さんはうーんと顎に手を当て不服そうな顔をする。

「おじちゃんはまだ早いかな。紘基、俺のことは真紘お兄ちゃんって呼んでよ」

「まひろにい？」

「うーん、まあそれでいっか」

ひと通り紘基への自己紹介を終えると、今度こそ、と社長が歩み出た。おそるおそる紘基を抱き上げる。自分の顔の高さまで持って来て紘基の顔をじっと見つめると、大事そうに腕の中に閉じ込めた。

「千紘の小さい頃にそっくりだな」

「あら、やっぱり？　写真はないのかしら。見比べてみましょうよ」

「俺が探してこようか？」

アルバムを探しに行こうと立ち上がった真紘さんを、千紘さんが必死に止める。

「真紘は余計なことしなくていいから！」

さっきまであんなに重苦しかった空気が、紘基を中心にすっかり変わっている。笑い声に満ちたリビングで、私はこれから訪れるだろう幸せを確信した。

「絶対にまた来てちょうだいね。待ってるわ。ほら、あなたも」

「紘基くんを連れて、いつでも遊びに来い」

「ありがとうございます」

紘基と離れるのが寂しかったようで、腰を上げようとすると引き留められ、ようやく車に乗り込んだ時は、もう夕方。ここを訪れる前は、こんな別れ際になるとは予想もしなかった。

千紘さんが車を出した後も、三人は見えなくなるまで手を振っていた。

初めて会う人の中ではしゃいで、さすがに疲れたのだろう。帰りの車の中で紘基は寝てしまった。自宅に着いても、目を覚まさない。この分では、朝まで起きないかもしれない。

「紘基は俺が家の中まで連れて行くよ」

「助かります。千紘さん、まだお時間大丈夫だったらお茶して行かれませんか？」

「ありがとう、寄らせてもらうよ。でもその前に、よかったら省吾さんにも挨拶をさせてもらえないか」

千紘さんの家から、正式に結婚の許しを得たのだ。次は私の親代わりである兄に、と考えたのだろう。

「お兄ちゃん、ただいま」

「おう、ずいぶん遅かったな」

千紘さんと一緒に玄関に入ると、兄が心配そうな顔で待っていた。休日はいつも、自分で作ったつまみをあてに夕方から飲み始めているのに。さすがに今日は気が気じゃなかったらしく、テーブルの上は綺麗なままだ。

紘基を布団に寝かせてから、リビングで兄と向かい合った。

「両親からは、結婚の許可をもらいました」

「そうか、よかった……」

「省吾さんも、遥花との結婚を許してくださいますか」

「もちろんだ。遥花、千紘さんおめでとう」

「ありがとう、お兄ちゃん」

兄にお祝いを言ってもらうと、千紘さんとの結婚が現実になったのだと、ようやく実感が湧いてくる。ぶっきらぼうなところもある兄だけれど、その表情から心から喜んでくれているのが伝わってきた。

「それで、今後の話なんだけど……」

結婚をするなら、まずはこの家を出なくてはならない。千紘さんを支えるために、今までのようにカシェットでの仕事を続けるのも難しくなる。

「ああ、そのことなら大丈夫」

「えっ？」

大丈夫って、どういうことなのだろう。顔を見合わせる私と千紘さんを見て、兄が照れくさそうに頭を掻く。

「実は遥花の代わりに、店を手伝ってくれる人が見つかったんだ。ついでに俺もそろそろ身を固めようかなと思って」

「ええっ？」

兄に付き合っていた人がいたなんて初耳だ。驚きのあまり、私は身を乗り出した。

「その人誰なの？　私の知っている人？」

「俺も紹介しようと思ってさ、今日呼んだんだ」

ちょうどのタイミングで、チャイムが鳴る。いそいそと玄関へ向かう兄を見て、あっけに取られてしまう。

「遥花、大丈夫か？」

「ちょっと急展開すぎて……」

一緒に住んでいるのに、兄からは女性の気配なんてまったく感じなかった。私が気づいていなかっただけで、デートとかしていたのだろうか。

「……遥花、俺は省吾さんの相手わかったかもしれない」

「どういうことですか？」

千紘さんから聞き出そうとしたところで、リビングのドアが開いた。

「あれっ、お揃いなの？」

「だから呼んだんだ」

聞き覚えのある声がして振り返ると、兄の後ろに美弦さんが立っていた。

「えっ、美弦さん？」

驚く私に反して、千紘さんは「やっぱり……」と呟いている。美弦さんは兄と並んで座ると、私を見て微笑んだ。

「どういうこと？　いつからですか？」

「一年前くらいかな」

そんなに前から？　兄も美弦さんも、どうして私に教えてくれなかったのだろう。

それより、どうして私は気づかなかったのだろう。そういえば前に千紘さんにも『日野は鈍いところがある』って言われたことを思い出した。

「及川はなんで気づいたの？」

「カシェットのパーティーの時に、省吾さんと一緒に、白木も紘基のこと連れ帰ってくれただろう。その時に、怪しいなって思ったんだ」

言われてみれば、確かにそうだった。でもあの日は、千紘さんと真由美さんが親子だったという事実で頭がいっぱいで、怪しいと思うこともなかった。

二人が近づいたのは、美弦さんがカシェットに通うようになったことがきっかけだった。最初は、兄が作る料理に惹かれたのだという。

「仕事で褒められた時とか、逆に嫌なことがあってしんどい時とかに、ああカシェットに行って美味しいもの食べたいなって思うことが増えて……」

カシェットの料理は自分にとってのご褒美だった。通う回数が増えるだけ、兄と話す機会も増えた。共通の話題であるワイン、兄も勤務経験のあるホテルのレストランの話、兄が回った国々のこと、何度通っても話題は尽きることなかった。

「カシェットの料理が食べたくて通ってたはずが、気づいたら省吾さんに会いに行ってたんだよね……」

いつの間にか、通う目的が変わっていた。そのことに気づいた美弦さんから、猛プッシュしたのだという。兄の方もとっくに美弦さんに惹かれていて、断る理由なんてなかったそうだ。

「黙ってたのは悪かったと思ってる。でも、遥花に話して、俺の負担になってるんじゃないかって思われるのが嫌だったんだ。俺はそんなふうに思ったことは一度もないから」

確かに、常々それは感じていた。兄と一緒に暮らし、兄の店で働かせてもらい、紘基のことでも負担をかけている。いつまでも兄の世話にはなれないと考えていた。

「結婚を考えるようになったのも、ごく最近だよ。千紘さんがやって来て、俺も自分の将来について真剣に考えるようになったんだ」

兄も私同様、両親の離婚を経験して、自分の人生の中で結婚や家族というものに、そんなに重きを置いていなかった。しかし一生懸命三人で家族になろうとする私達を見て、家族というものへの価値観が変わったそうだ。

「家族っていいなあって改めて思ったんだよ。そして美弦と築いてみたいって思ったんだ」

告白をしたのは美弦さんだったけれど、プロポーズは兄からしたのだそうだ。ただプロポーズの言葉だけは、何度聞いても教えてくれなかった。

「俺は俺で幸せになるから、遥花は何も気にしなくていい。千紘さん」

兄は急に居住まいを正すと、咳ばらいをした。

「妹のことよろしくお願いします。今度こそ幸せにしてやってください」

「もちろんです。許してくださりありがとうございます」

兄の言葉に、涙腺が緩む。両親と離れて暮らすようになった時も、千紘さんを失った時も、兄がいたから、私はなんとかやってこられた。

「ありがとうお兄ちゃん、幸せになってね」

「おう！」

兄の目に涙が浮かぶのを見たのは、これが初めてだった。

9

結婚が決まってからというもの、まるで嵐の中に投げ込まれたようだ。

結婚式は、半年後にリニューアルオープンするアヴェニールホテル東京のチャペルで行われることになった。こちらはマスコミや外部へのお披露目も兼ねていて、社を上げて大々的にやるそうだ。会社のためになるならと、私も千紘さんも二つ返事でOKした。

そして私の花嫁修業は、千紘さんのお母さまが引き受けてくれた。

様々な場でのマナーや、及川家として付き合いのある会社や個人とのやりとり、お母さまが代表を務めている団体への挨拶回りと、やるべきこと、覚えるべきことはたくさんある。どんなに大変でも、自分でやると言った以上はやり遂げなくてはいけない。慣れないことだらけで緊張したり、つらく感じることもあるけれど、千紘さんも勉強を手伝ってくれるのでどうにかついていけている。

そして千紘さんの実家に挨拶に行ってから二週間後、私と紘基は千紘さんの家に引っ越した。

久しぶりに入った千紘さんの部屋は、様変わりしていた。広々としたリビングの一角を仕切るように柔らかなマットが敷かれ、室内用の滑り台が鎮座している。

「わあ、すべりだい！　パパあそんでいい？」

「いいよ」

「やったぁ！」

紘基は夢中になって滑り台で遊んでいる。

「どうしたんですか、これ？」

「実家から送られてきたんだ。タワマン住まいじゃ、外に遊びに出るのも一苦労だろうからって。でこっちは真紘から」

趣味が高じて、ゲームアプリの開発会社を興したという真紘さんからは、キャラクターのぬいぐるみが送られてきたらしい。

「会社を興したって、真紘さんはアヴェニールホテルズには入られないんですか？」

「あいつはあいつで好きにやるさ。俺なんかより、真紘の方がよっぽど父さんの思い通りになんてならないよ」

なんて言っているけれど、真紘さんが自由にしていられるのは、千紘さんのおかげもあると思う。千紘さんは何も言わないけれど、彼が後継ぎとして責任を持ってやっているからこそ、真紘さんはのびのびとしていられるのだ。

「それにしたって、多すぎだよな」

色とりどり、色んな大きさのぬいぐるみが、ソファーの一つを占領している。

「どの子が一番幼児に受けるか教えて、だって。紘基で市場調査する気か」

「でも、真紘さんなりの照れ隠しのような気もします」

驚いたけれど、みんなで紘基を可愛がってくれているのがわかって嬉しい。

私と紘基の荷物は、事前に運び込んである。そんなに量があるわけではないので、荷解きは業者には頼まず、自分でやることにした。

持ち込んだ衣服の段ボールを開封していると、チャイムが鳴った。作業に集中するため、今日は一日真由美さんが紘基を見てくれることになっているのだ。

「こんにちは、お引っ越しは進んでる？」

「それが、紘基がいるのでなかなか……」

最初のうちは、滑り台に夢中になっていたのでよかった。それに飽きると、ご本読んで、一緒に遊ぼうとまとわりついてくる。相手をしないわけにもいかず、結局荷物の整理はほとんど進んでいない。

「ね、紘くんのこと、うちに連れて行っても構わない？」

後からわかったことだが、真由美さんの家はここの下層にあるショッピングモールを挟んでちょうど向かい側にあるマンションに住んでいた。

「何かあってもすぐ連れて来られるし。だめかしら？」

荷物の整理がすんだら、買い物にも行こうと思っていたのだ。今日は千紘さんも一緒だけれど、紘基を連れていると、思うように買い物もできないだろう。正直に言うと、真由美さんの申し出はとても助かる。

「俺達は助かるけど、母さん迷惑じゃないの？」

「全然！　マンションの三階の中庭に遊具のある小さな公園もあるし、退屈しないと思うわ。そうと決まれば、紘くん！　ばぁばのおうちに行くわよ」

「ばぁばのおうち？」

「そう。美味しいパン屋さんがあるから、そこでパンを買って、ばぁばと一緒に食べましょう！」

「ひろくん、ばぁばんちいく！」

好奇心旺盛な紘基は、真由美さんにくっついて行ってしまった。

「大丈夫でしょうか……」

「何かあったらすぐ連絡くれるって言ってたし、母さんなら大丈夫だろ。なんていうか、あの人も子供みたいなところあるから」

千紘さんいわく、真由美さんは『子供と同じレベルで遊べる人』なんだそうだ。

「きっと紘基も退屈しないよ」

真由美さんのおかげで、作業はかなり捗った。二人分の荷物を整理し、千紘さんと買い物に行く。住まいからエレベーター一本でモールまで行けるなんて、かなり便利だ。

キッチン用品や日用品、紘基のケアに必要なものを買い込み、部屋へ帰った。買ったものも整理し終えると、時刻は午後五時に差し掛かっていた。しかし、紘基が帰って来る気配がない。電話をしてみると、意外にも「紘基は帰りたくない」とぐずっていた。

『ねえママ、ばぁばんちにとまってもいい？』

「紘くんまだ一人でお泊まりしたことないでしょう？　きっと寂しくなっちゃうよ」

『へいきだよ。ひろくんつよいもん！』

こんなことを言い出すなんて、よほど真由美さんと遊ぶのが楽しかったのだろう。

『遥花ちゃん、紘くんもこう言ってるし、今日はうちに泊めちゃだめかしら？』

別れがたいのは真由美さんも同じみたいだ。寂しがって泣くようなら、迎えに行くので連絡してほしいとお願いして、今夜は真由美さんに頼むことにした。

「引っ越し初日なのに紘基はいないのか……」

千紘さんも少し寂しそうだ。そのうち及川の祖父母の家にも泊まるようになるかもしれない。生まれた時から片時も離れず過ごして来たのに。こうして少しずつ、親の手を離れていくのだろう。

「寂しい？」

「千紘さんもでしょう？」

「そうだな。でも、ラッキーだとも思ってる」

「え？」

「俺と遥花、今夜は二人きりだ」

気がつくと、千紘さんがすぐそばに立っていた。後ろから抱きすくめられ、息が止まりそうになる。

「遥花、キスしてもいい？」

「え……」

自分から聞いてきたくせに、千紘さんは返事も聞かずに私の唇を塞いだ。一見そうとはわからないのに、触れると彼の体が鍛えられていることがわかる。たくましい腕に包まれるように抱きしめられ、彼よりもずっと小柄な私は、必死で彼を受け止めた。

触れるだけだったキスが次第に食むようになり、あっという間に口内に舌が差し込まれた。舌先を尖らせて歯列をこじ開けると、彼の舌がもっと奥へと進む。私の舌を見つけ、絡まり吸いつき、思う存分弄ぶ。

息が上がって、膝に力が入らなくなった私を、千紘さんが抱き上げた。

「このまま遥花を抱きたい」

「まっ、待って。せめてシャワーを……」

一日中家の中を動き回って、外へ買い物にも出て、絶対に汗をかいている。お願いだから汗を流してから……と言いたかったけれど。

「ごめんね、もう一時《いっとき》も待てないんだ」

切羽詰まった顔でそう言うと、千紘さんは私を抱いたまま片手で寝室のドアを開けた。

そっと、わずかな衝撃も与えないような慎重さで私を下ろすと、千紘さんもベッドに上がった。口づけの余韻に縛られ、ベッドヘッドに凭れ動けずにいる私を見下ろすと、千紘さんは、髪に額に頬にと、順番に口づけを落としていく。

「遥花、愛してるよ」

体中に触れられ、隙間なくキスを落とされ、いたるところに彼のものであるという印を刻まれ、私の体はとろとろに溶けていく。彼の愛撫に何度も高められ、力の入らなくなった私の両足を抱えると、千紘さんはゆっくりと私の中に押し入った。

緩慢な動きがもどかしくて、意識の外で腰が跳ねる。千紘さんは私の腰が動かないようにしっかりと押さえつけると、徐々にスピードを上げた。

「ああっ……」

堪えきれずに、勝手に声が漏れてしまう。自分のものとは思えないような声が恥ずかしくて、両手で口を塞ぐ。

「我慢しないで、遥花の声をもっと聞かせて」

耳元で囁かれ、私は箍が外れたかのように嬌声を上げ続けた。


目を覚ますと、部屋の中はすっかり暗くなっていた。時間を確認しようと体を起こし、違和感に気がついた。

三年前のあの夜が、フラッシュバックする。千紘さんがアメリカに旅立つ前日。ホテルの部屋で何度も求め合い、目を覚ました時と同じ光景が目の前に広がっていた。

左手の薬指に、ダイヤがはめ込まれた指輪が光を放っている。

「気に入ってくれた？」

「起きてたんですか」

「遥花が目を覚ますのを待ってた」

背後から私を抱きすくめると、千紘さんは私の左手を持ち上げた。

「似合ってる」

「三年前にももらったのに。あの指輪も、ちゃんと取ってありますよ」

あの日、千紘さんにもらった指輪は、失くさないように大切に戸棚の中に仕舞ってある。でも、戸棚の中から取り出して、ケースを開けることはできなかった。

一度開けてしまったら、千紘さんへの想いが溢れ出してしまいそうで。会いたくてたまらなくなりそうで、ずっと怖かった。

だからと言って、指輪を手放すことなどできなかった。二度と会えないのだとわかっていても、どうしても手元に残しておきたかった。

指輪だけじゃない。千紘さんへの気持ちも、結局手放すことなどできなかったのだ。千紘さんへの気持ちと、彼と愛し合った記憶を支えに、この三年間頑張ってきた。

「遥花のことだから、きっと大事に持っていてくれてるって思ってたけど、新しい指輪で、もう一度始めたかったんだ」

体をよじって向き直る。手を伸ばさずとも届く距離に千紘さんがいることが、嬉しくてたまらない。

「遥花、三年前も今も変わらず愛してる。俺と結婚してくれ」

「はい。私と一生添い遂げてください」

どちらからともなく、キスを交わした。

もう十分満たされたと思っていたのに、熱は消えることなくまだ互いの中で燻っていて、いとも簡単に勢いを増す。飽きることなく体を繋げて、幸せに包まれたまま、私達は眠りに落ちた。


翌朝、紘基はもう一度真由美さんのお気に入りだというパン屋さんに行って朝食を食べて、やっと帰ってきた。

「真由美さん、ありがとうございました」

「ばぁばんちたのしかった！」

「ばぁばも楽しかった。またいつでも泊まりにきてね」

真由美さんに聞いてみたけれど、寂しがることは一度もなかったそうだ。

「本当に？　パパって一度も言わなかったの？」

「言わなかったわね」

「うん、いわなかったよ！」

偉かったね！　と褒めてもらえると思っていたのだろう。なぜだかしょげているパパを見てかわいそうだと思ったのか、紘基は千紘さんの頭をよしよしと撫でていた。

「そういえば、母さんと会ったこと、父さんに話したよ」

兄の店のパーティーで、真由美さんと偶然再会したことを、千紘さんはお父さまに話したそうだ。

「そう。何か言ってた？」

「色々悪かったって。あと、俺に会わせないようにしたのは、俺が母さんを選ぶのが怖かったからだって言ってた」

真由美さんは、大事な会社の跡取りを奪われるのが怖いんだろうと言っていたけれど、実際はそうではなかったらしい。お父さまは、千紘さんが自分ではなく、母親を選んで家を出ると言い出すのが怖かったのだそうだ。

「偉そうにしてて、案外弱虫ね」

「父さんにそんな一面があるってことも、母さんは知っていて結婚したんだろう？」

千紘さんが言うと、真由美さんはわずかに口角を上げた。

「……そうね。これでも十数年一緒にいたからね。だから私がそばにいないとって思っちゃったのよね」

真由美さんもお父さまも、お互いひどい別れ方をしたと言っていたけれど、笑って話せるくらいになったのだろうか。

「まあでも、今あの人が幸せならいいわ」

「母さんも幸せになってよ」

「バカね、可愛い孫もできたし、私は十分幸せよ。私のことより、あなたは自分と家族の幸せを考えなさい」

「俺だって、可愛い奥さんと子供に囲まれて、十分すぎるくらい幸せだよ」

「息子にのろけられるとはね……」

もう勝手にやんなさい、と半ば呆れた顔で真由美さんは帰っていった。

エピローグ

十月の爽やかな風が吹く日曜日。何台ものカメラが並び、大勢の招待客に見守られる中、私と千紘さんはオープンしたばかりの光のチャペルで、結婚式を挙げた。

リニューアルオープンしたチャペルは自然光をふんだんに取り入れた開放感あふれるデザインで、まるで自然の中で式を挙げているような気分になる。

纏うドレスはこの日のために作られたオーダーメイド。忙しい千紘さんも毎回打ち合わせに足を運び、一緒に話し合いを重ねてデザインを決定した。イタリアンシルクを贅沢に使い、一見シンプルだが、バックには大ぶりのトレーンリボンをあしらっていて、まるでお姫様にでもなったような気分を味わえる。私もとても気に入っている。

全ての用意を終え、新婦控室で式が始まるのを待っていると、待ちきれなかったのか、千紘さんが紘基を連れて顔を出した。

「わぁ、ママすっごくきれいだよ!」

「ふふ、ありがとう。紘基もタキシードよく似合ってるよ」

紘基は今日はリングボーイを務めることになっていて、この日のために作ったタキシードを着ている。髪の毛もちゃんとセットしてもらっていて、まるで小さな紳士のようだ。

「遥花、本当に綺麗だ……」

「花婿は、花嫁に会いに来ちゃいけないのに」

「わかってはいたけど、どうしても我慢できなかったんだよ」

なんて情けない顔をしていたけれど、タキシードを纏った千紘さんは、いつにも増してかっこいい。紘基同様、普段はさらりとそのままにしている前髪をセットしていて、千紘さんの形のよい額が覗いている。いつもとは一味違う男らしい雰囲気にドキドキしてしまう。

「遥花」

名前を呼ばれて千紘さんを見上げると、ほんの一瞬、紘基の目を両手で隠して、千紘さんが私の唇にキスを落とした。

「わぁ、パパどうしてめかくし?」

「なんでもないよ」

私の顔を覗き見て小さく舌を出す。

「千紘さんったら」

「とてもじゃないけど、我慢できなかった」

さっきと同じようなセリフを言う。紘基だけが、「パパ、なにかしたの?」と不思議そうにしていて、千紘さんと二人で、噴き出してしまった。

兄と一緒にバージンロードを歩き、家族や友人、以前の職場の仲間達に見守られて、千紘さんと手を取り合って永遠の愛を誓った。

もう叶うことはないと思っていた、たった一つの願い。愛する人と同じ未来を生きる許しを、私は得たのだ。

温かな拍手が沸き起こり、感極まって涙を流す私を、千紘さんは優しい笑みを浮かべて見守っていた。

本当の主役は、紘基だったと思う。あと二ヶ月で三歳になる紘基は、立派なタキシードを着て、リングボーイとしてのお勤めを無事果たした。紘基の登場に会場中が湧き、まばゆいほどのフラッシュが焚かれた。

驚いて少し固まっていたけれど、私と千紘さんが「紘基」と呼ぶと安心したのか、転ぶこともなくリングを届けてくれた。

披露宴は、ホテリエ時代にも見たことないほどの規模のものだった。家族や友人知人のみならず、各界の著名人も招待されている。及川家に嫁ぐということがどういうことなのか、改めて思い知らされた。

今回の披露宴を取り仕切ってくれたのは、美弦さんだ。彼女にとって、これがホテルアヴェニール東京での、最後の仕事となる。今月末に退職して、兄と一緒にカシェットを盛り立てていくそうだ。ランチボックスの営業も、美弦さんが責任を持って引き継ぐと約束してくれた。

「招待する方も、される方も、ずっと記憶に残るような式にするから期待してて」

美弦さんの言葉を信じて、正解だった。ただ豪華なだけでなく、心のこもった演出や料理、洗練されたサービス。どれをとっても完璧で、ちゃんと人の温もりも感じられる式だったと思う。

場内の様子を素早く察知し、的確な指示を飛ばす美弦さんは、女性の私から見てもとてもかっこよかった。千紘さんも、最後まで美弦さんの退職を惜しんでいた。本当なら、このまま出世して、自分と一緒に後進を育ててほしかったはずだ。

「でも俺は、白木の新しいスタートを応援するよ」

千紘さんはまるで自分に言い聞かせるように、そう言っていた。

三年と半年前、夢だったホテリエの仕事を諦め、お腹に新しい命を宿し、途方に暮れていた私が、この場にいる人全員に祝福され、愛する人と並んでいる。

今でも夢のようだと思う。でもこれは全て現実で、私と千紘さん二人で掴み取った未来だ。諦めてしまわなくてよかった。心からそう思う。

「幸せになろう、遥花」

そっと、千紘さんが私の手に触れる。指を絡め、しっかりと繋ぎ合った。

「もう十分だって言いたくなるくらい、私が千紘さんのことを幸せにしてあげますね」

千紘さんはほんの一瞬驚いた顔をしたかと思うと、「やっぱり遥花には敵わないよ」と言って、思いっきり破顔した。

完

番外編　クリスマスの贈り物

「紘基、保育園では今何が流行ってる？」

「んー、一番人気があるのはダイナライダーかな」

「なにそれ？」

「パパ知らないの？　恐竜と合体して生まれたライダーが悪の組織をやっつけるやつだよ。日曜日の朝にテレビでやってるじゃん！」

「ああ、朝ご飯の前に紘基が観てるやつか」

千紘さんと結婚して、一緒に住むようになって二年が経つ。結婚当初から、日曜日の朝は必ず、千紘さんが朝食の用意をしてくれる。リビングから流れるテレビの音をBGMに、キッチンで料理をしているから、千紘さんもなんとなくは知ってはいたんだろう。

「紘基も好きなのか？」

「うん、僕はアンキローがすき。力が強くて体も頑丈で、敵の攻撃にもびくともしないんだから！」

「ほら見て！」と言って、紘基が数枚のカードを取り出す。買い物に行くたびにねだられて、大容量のカードホルダーもすでに満杯だ。

「カードはたくさんあるんだな。そうだ、ベルトは持ってる？」

「うん。発売日におばあちゃんに買ってもらった」

「そっか、もう持ってるのか……」

がっかりとした声が聞こえてきて、思わず噴き出してしまう。紘基に渡すクリスマスプレゼントを探っているのだろうけれど、今年も苦戦しそうだ。

十二月の頭に誕生日を迎え、五歳になったばかりの紘基は、今でもサンタさんを信じている。

「それならゲームはどう？」

「ゲームはねぇ、今度真紘にいがくれるんだ」

「真紘が？　なんで？」

「なんでって、真紘にいが作ったゲームだからだよ」

「ダイナライダーのゲームも真紘の会社《とこ》で作ってるのか……」

真紘さんが学生の頃に起こしたゲームの開発会社は、ヒット作を連発し、かなり大きくなっている。今はそちらの仕事が楽しいらしく、千紘さんと一緒にホテルの仕事をする気はさらさらないようだ。

「無理して紘基から欲しいものを聞き出さなくてもいいんじゃない？」

紘基が寝た後、リビングで一緒にお茶を飲みながらそう言ってみた。

「自分がずっと欲しいと思っていたものが届いた方が、紘基も嬉しいだろ」

「それはそうだろうけど」

紘基は祖父母や私の兄夫婦からも可愛がられていて、おもちゃやお菓子など、よく贈り物をもらう。周囲からもらう分だけで十分満たされているのだ。聞き出すのは、きっとこの先も難しいと思う。

贈り物に悩むのは、私も同じだ。

千紘さんと出会って、もうすぐ十年になる。誕生日やイベントのたびにプレゼントを渡してきて、そろそろネタ切れだ。

千紘さんは何かとサプライズをしたがるけれど、私はそこにはあまりこだわらない。

「千紘さんは、クリスマスになにが欲しいの？」

ストレートに聞いてみたら、予想を裏切る答えが返ってきた。

「俺が欲しいのは、いつでも一つだよ」

凪《な》いでいた彼の瞳に、ぽっと灯がともる。余計なことを聞いてしまったかもしれない。そう思った時はもう遅くて、私は寝室に引き込まれていた。

五歳の誕生日に、紘基には子供部屋を与えた。お友達の家へ遊びに行った時、自分だけの部屋を持っていると聞いて、羨ましがったのだ。ベッドを置く代わりに部屋の真ん中にテントを張って、冒険気分で毎日一人で眠っている。

ついこの間まで三人で使っていたベッドが、今では夫婦二人のものになった。二人で使うようになってから、本来の用途以外にも使うことが増えた気がする。

以前は触れられるだけで心臓が壊れそうだったのに、今は触れ合うと安らぎすら感じる。

首筋に落とされるキスがくすぐったくて、くすくすと笑い声を漏らすと、千紘さんはほんのちょっとだけ面白くなさそうに、「余裕なんだな」と呟いた。

その後は、嵐の中に落とされる。数えきれないほどの夜を一緒に過ごしたせいで、彼は私のいいところを全て知り尽くしていて、的確に快楽の中に突き落とす。それでいて、登り詰めようとすると、ふっと力を緩めてしまう。

「やだ、どうして……」

「なにが?」

いつもは優しい千紘さんなのに、案外意地悪なところもあるのだと知ったのも、ベッドの中でだ。焦らしに焦らされた私が許しを乞うてようやく、彼は思うさま私を翻弄する。

まるで嵐の中を彷徨う小舟のような気分だ。

少しだけ心細くなった私が手を伸ばすと、指先を絡め、しっかりと繋ぎ止めてくれる。激しい渦に流されてしまわないように、私は彼の手をぎゅうっと握る。そこからは、彼から与えられる快感に没頭する。

もみくちゃにされ、体がばらばらになったような感覚を何度も味わわされて、力尽きた私は、いつの間にか深い眠りに落ちていた。明け方ふと目覚めると、私はまだ彼の腕の中にいて、この上ない幸せと安堵を感じながら、もう一度眠りに落ちた。

十二月に入ると、千紘さんはどこからか樅《もみ》の木を手に入れてきて、家の中を飾りつける。彼の実の母である真由美さんがアンティークショップを経営していて、外国製のオーナメントをプレゼントしてくれる。今年はドイツのクリスマスマーケットを回ってきたらしく、樅の木や雪の結晶を模した木製のオーナメントをプレゼントしてくれた。

「それで、紘基の欲しいもの聞き出せたの？」

「それがまだなんだよ。遥花は何も聞いてない？」

届いたばかりのオーナメントを飾りつけながら、千紘さんに聞かれて首を振る。保育園でのクリスマス会やプレゼント交換の話題は時々出るけれど、サンタさんになにを頼んだのか聞いたことはない。

「自分から話してくれることもあったのになあ」

「ひょっとしたら、お友達からサンタさんの正体を聞いちゃったのかも」

いつの間にか、周りの友達から聞かされて、サンタさんの存在を信じなくなっていたという話はよく聞く。

結局聞き出せないままクリスマスイブを迎え、千紘さんは紘基が小さい頃から好きだったミニカーのオールドカーコレクションを用意していた。

違和感に気がついたのは、クリスマスの朝、朝食と一緒に出すコーヒーを用意している時だった。いつもはいい香りだと感じるのに、無性に胸がムカムカする。我慢できずバスルームに駆け込んでしまった。

予感がして、クローゼットに仕舞っていたピンクの箱を取り出す。試してみたら、予想通りの結果が出て驚いた。病院に行ってみないとわからないけれど、そういえば来るべきものが来ていない。たぶん確定だろう。

期待に胸を弾ませてリビングに戻ると、千紘さんと紘基もすでに起き出していた。

「紘基、今年もサンタさん来た？」

「来たよ。ミニカーがたくさん届いてた！」

反応を知りたい千紘さんが、紘基を質問責めにしている。

「それをサンタさんに頼んだの？」

「ううん、頼んだのは別の。サンタさんには難しかったのかも」

「そっかあ、違ったのかあ」

残念そうな千紘さんには悪いけれど、紘基もまだサンタさんを信じてると聞いて、なんだか安心してしまった。私達に言わなかっただけで、お願いごともちゃんとしていたのだ。

「実は私からも、二人にプレゼントがあるの」

「ママから？　なになに？」

「実はね――」

赤ちゃんが、できたかもしれない。

そう言うと、千紘さんは柄にもなく顔を赤らめ、紘基は目を丸くした。かと思うと、椅子から立ち上がって、「やったー」と声を上げてばんざいする。

そういえば紘基は、小さな頃からよく嬉しいことがあるとばんざいをする子だったなと思い出す。

「サンタさん来たんだ！」

「へっ？」と若干間の抜けた声を出したのは千紘さんだ。

「僕ね、サンタさんに、弟が欲しいって頼んだの」

「そうなの？」

それは千紘さんがどんなに探ってもわかるわけがない。

「でもまだ弟かどうかわからないわよ」

「妹でも全然いいよ。僕は兄弟が欲しかったんだから！」

今にも踊り出しそうな勢いで、紘基がリビング中を飛び跳ねる。よっぽど嬉しかったらしい。図らずも千紘さんは、紘基に望み通りのプレゼントを贈ったことになる。

彼の様子を窺うと、踊り出したりはしないけれど、紘基に負けないくらい喜んでいるのが見て取れた。

「来年のクリスマスは、四人でお祝いだね」

「ああ、楽しみだな」

クリスマスの朝を迎えたばかりだというのに、もう来年の話をしている。二人のこの幸せそうな笑顔とお腹に宿ったばかりの新しい命が、私にとって何よりのクリスマスプレゼントだなと、そう思った。

完

番外編2　スイートバレンタインを君と

――面白くない、って思ってるんだろうな。

誰が見てもそうとわかる表情で、千紘さんは実の弟の顔を睨みつけている。

新しい年が明けてまだ二日目。今日は家族全員が及川本家に集まり、食事会が行われている。

普段からみんな忙しくしていて、家族全員が揃う機会は意外と少ない。今から六年前、私が及川家へ嫁いでから始まったこの会を、全員心待ちにしている。それなのに。

食後の寛いだソファーで、みんな揃って和やかに話している中、千紘さんの周りだけやたらと空気が重い。

千紘さんの向かい側で、彼の十歳違いの弟の真紘さんと、四歳になったばかりの私達の愛娘、遥乃《はるの》がまるで恋人同士のようにじゃれ合っている。

物心ついた頃から、遥乃は真紘さんに夢中だ。

一八〇センチ近いすらっとした長身に、長い手足。軽めのウェーブがかかった明るい髪が、彼の甘めの顔立ちによく似合っている。学生の頃に立ち上げたゲーム関連会社のCEOを務める真紘さんは、恵まれた容姿も相まって、ちまたでは王子様なんて呼ばれている。

真紘さんは、もうずっと遥乃の王子様なのだ。

「はるのはおおきくなったら、まひろくんとケッコンするの！」

三歳のバースデーパーティーで、祖父母から将来の夢を聞かれた遥乃は、声高らかにそう宣言した。あの時の、千紘さんの表情は今でも忘れられない。

「……なあ、遥花。娘って普通は、『大きくなったらパパと結婚する』って言うんじゃないのか？」

「遥乃にプロポーズされるの、ずっと楽しみにしてたのに……」と呟いた後、彼はがっくりと肩を落とした。

「はーちゃんは、真紘のことが本当に大好きね」

二人を微笑ましく見守っているのは、千紘さんの義理のお母さままで、紘基と遥乃の祖母にあたる都さんだ。一方のお父さまは口を若干への字に曲げているから、千紘さんと似たような心境なのかもしれない。

「うん！　はるのはまひろくんのことがせかいでいちばんだいすき！」

「はーちゃんは真紘のお嫁さんになってくれるのよね？」

ただでさえ苦虫を噛み潰したような顔をしている千紘さんに、遥乃とお母さまが追い打ちをかける。

「俺もはーちゃんのことが大好きだよ」

真紘さんが溶けそうなほど甘い顔で、彼の膝に座っている遥乃の頭を撫でる。ちらちらと千紘さんの様子を窺っているのが、なんとも挑戦的だ。

「はーちゃんが大きくなるの待ってるから、今よりもっといい女になってよね」

「うん、はるのもっといいおんなになる！」

「あいつは、四歳児にいったい何吹き込んでんだ……」

及川本家のリビングに、千紘さんのため息が響く。すっかり二人の世界が出来上がっているところに、千紘さんが割って入った。

「遥乃、頼むから真紘だけはやめておけ。そいつは本当は悪いやつなんだぞ」

「ひどいな兄さん。はーちゃんに相手にされないからって、嘘を教えるのはやめてくれない？」

「お前……、どの口が言うんだ」

これだけのスペックがある人だから、真紘さんがモテるのはまず間違いない。私は彼のプライベートをあまり知らないのだけれど、そんなにひどいんだろうか……。

「ねえねえ、なんでまひろくんがわるいひとなの？」

肝心の遥乃は、言葉の意味がわからなくてきょとんとしている。

「パパの方こそ、遥乃に何吹き込んでるの。ヤキモチはやめなよ。みっともないよ」

騒がしい大人達を傍観していた紘基が、冷めた目で言う。

まさか紘基からも攻撃を受けるとは思っていなかったようで、千紘さんは今度こそ撃沈した。

「ただいま」

十九時を回った頃、玄関から千紘さんの少し疲れた声が聞こえた。

「パパだ！」

それまでリビングで大人しく遊んでいた遥乃が、千紘さんめがけてぱーっと走っていく。

「パパおかえりなさい！」

「うわっ」

両手を広げて飛びつかれ、千紘さんは持っていた鞄を投げ捨てて、しっかりと遥乃を受け止めた。

「あー、癒やされる……」

「パパくすぐったいよ～」

声を上げて笑う遥乃を、玄関先に突っ立ったまま抱きしめて頬ずりしている。

「千紘さんおかえりなさい」

「ただいま遥花」

私が鞄を拾いあげると、ようやく千紘さんが動き出した。靴を脱いで玄関から上がり、リビングまで歩くその間も、遥乃はパパにしがみついたまま離れようとしない。

それもそのはず。遥乃がパパの姿を見るのは一週間ぶりだ。新年早々、地方出張が続いたと思ったら、朝は早出で帰りは新年会や接待という日が続いてしまい、すれ違いが続いていた。千紘さんだって、もうずっと子供達の寝顔しか見られていなくて寂しがっていた。

「遥乃、今日こそパパと一緒にご飯食べるって言って待ってたのよ」

「そうなんだ。ありがとうな遥乃」

お礼を言われてうふふと微笑む遥乃に、千紘さんは相好を崩している。

「紘基は？」

「今日は塾の日よ」

「ああ、そういえばそうだったな」

四年生に上がって、紘基は学習塾に通い始めた。今通っている大学附属の一貫校とは違う、外部の中学校への受験を考えている。

「僕だって、色々考えているんだよ」なんて言っていたけれど、どうやらパパやおじいちゃんを見ていて、将来のことを意識し始めたようだ。

そろそろ思春期に差し掛かり、紘基は私達にも素っ気ない態度を取ることが増えてきた。元々大人びたところのあり、小学生にしては言動も落ち着いていて、あまり感情を表に出さない。

その代わり、行動を見ていれば彼が何を考えているかよくわかる。あんなふうにしていても、紘基もパパのことが大好きなのだ。

間もなくして紘基も塾から帰り、久しぶりに家族揃って食卓を囲んだ。おしゃべり好きな遥乃を中心に話題は尽きず、みんなたくさん笑ってたくさん食べた。普段はご飯をおかわりしない紘基も、今日は自分で二杯目をよそいに行って、後から食べ過ぎたと言ってリビングのソファーで伸びていた。

問題が起きたのは、食後のお茶を飲んでいる時だった。

リビングのローテーブルに千紘さんがパソコンと仕事の資料を広げている。そのうちの一つが目についた。

「バレンタインディナー？　そういえばもうすぐバレンタインね」

テーブルに置いてあったチラシを手元にとって、しみじみと眺めた。ホテリエ時代、配属先のレストランでもバレンタインディナーが行われていたことを懐かしく思い出す。

「会議の時に資料でもらったんだ。そうか、遥花はレストラン時代に経験済みだったね」

レストランに異動するまでは、宿泊部フロント課に在籍していて、千紘さんにつきっきりで仕事を教えてもらっていた。異動して最初の頃は失敗も多く、千紘さんにたくさん泣き言も言った。どれも懐かしい思い出だ。

「レストランで食事をして、最後にプロポーズをする男性も多かったのよ。お花の手配や演出を私も担当したことがあるわ」

当時は私と千紘さんの結婚の雲行きが怪しくなり始めた頃で、プロポーズの依頼を受けるたび、複雑な気持ちになったりもしていた。

あの頃の私に、この先苦しく思うこともあるかもしれないけれど、幸せな未来が待っているよと教えてあげたい。

千紘さんと当時の思い出話をしていると、ソファーに座って紘基に絵本を読んでもらっていた遥乃が顔を上げた。

「ねえ、おにいちゃん、バレンタインってなあに？」

「バレンタインっていうのは、好きな人にチョコレートを渡して、好きですって告白する日のことだよ」

「えっ、そうなの？」

そんな日があったのか、と遥乃が目を見開いて驚いている。

「覚えてないの？　去年遥乃も、俺とパパにチョコレートくれたじゃん」

「うーん……」

首を傾げて、一生懸命思い出そうとしている。忘れていても無理もない。当時遥乃は、まだ三歳になったばかりだったし、チョコレートも私が作ってラッピングしたものを二人にただ渡しただけだ。チョコレートを渡した意味だって、わかっていなかっただろう。

「おにいちゃん、バレンタインっていつ？」

「来月だよ。二月の十四日」

「もうすぐだ！」

遥乃はぱあっと顔を明るくしてソファーから降りると、私と千紘さんの方にやってきた。

「ねえねえ、はるのもまひろくんにチョコあげたいー」

それを聞いて千紘さんは眉をひそめると、遥乃の両肩をしっかりとホールドした。

「そんなことしなくていいよ。もったいない」

「どうして？　はるのもまひろくんにチョコあげてコクハクしたい！」

千紘さんが一生懸命言い聞かせているけれど、たぶん遥乃の耳には入っていない。

千紘さんがあんまり『やめておけ』としつこいので、遥乃も最後には「もうパパうるさい！」と言って怒っていた。

「ママー、チョコレート買いに行こう」

「今日はもうお店が閉まってるから、また明日ね」

遥乃と指切りげんまんをしていると、隣の千紘さんからぼそっと小さな声で「遥花の裏切り者」と責められた。

バレンタインの夜、玄関には下ろしたてのワンピースを着ておめかしした遥乃と真紘さんが立っている。遥乃が真紘さんにバレンタインチョコを用意していると連絡すると、『せっかくならバレンタインデートしようか』と誘ってくれたのだ。

今日は二人で遥乃の好きなアニメの映画を見て、ショッピングもしてスイーツを食べ、帰りにちょっとだけドライブもしてきたらしい。大好きな真紘さんを一日中独り占めできて、遥乃はご満悦だ。

「おかえりなさい。そのお洋服どうしたの？」

「えへへ、まひろくんにかってもらっちゃったぁ」

花柄の可憐なワンピースを着て、遥乃はお姫様気分だ。真紘さんの見立てだそうで、遥乃によく似合っている。

「ありがとうございます、真紘さん。遥乃はちゃんとお礼を言えた？」

「たくさんいったよ！」

小さなブーケまでもらっていて、大人顔負けの立派なデートだ。

「真紘さんにバイバイして」

「まひろくん今日はありがとう。ばいばーい！」

満足そうな笑顔で、遥乃は部屋に入っていった。

「ありがとうな真紘」

バレンタイン当日に遥乃を取られたと拗ねていた千紘さんも、一応大人の対応をしている。それでも面白くなさそうな顔は相変わらずで、それを見て真紘さんが噴き出した。

「愛娘を一日取られたくらいで、そんなに怒んなくても」

「怒ってるわけじゃない」

真紘さんはひとしきり笑うと、ふっと表情を緩めた。

「遥乃可愛いよね。俺もあんな子が欲しくなった」

「やらないぞ」

「違うよ、そういう意味じゃなくて」

どこか遠いところを見るような表情をして、真紘さんが口を開いた。

「素直に兄さんが羨ましいよ。結婚なんてまだまだ考えられなかったけど、兄さん達家族を見てたら、案外いいものなのかもしれないなあって思えてきた」

思ってもみないことを言われて驚いたのだろう。千紘さんは一瞬目を見開いた後、照れ笑いを浮かべた。

「相手はいないのか」

「いないわけじゃないんだけど、色々ね……」

真紘さんの表情が、わずかに曇る。容姿も、立場も財産も、全てを手にしていて何一つ不自由などないように見える真紘さんだけれど、私達の知らないところで、彼もままならない恋に悩まされているのかもしれない。

「まさか父さんじゃないよな？」

私と千紘さんの結婚までの道のりは、かなり険しいものだった。お父さまからの反対に会い、二人は引き離されたのだ。当時のことを千紘さんも思い出したのだろう。

「それはないから安心して。俺も、兄さんを見習って諦めずにいくよ」

「いい報告が聞ける日を待ってるよ」

「ああ」

千紘さんと話していて、気持ちが固まったのかもしれない。力強く頷いて、真紘さんは帰っていった。

「はいパパとおにいちゃんにもチョコ」

「お、ありがとう」

夕食を終えた後、遥乃に二人へのチョコレートを渡してもらった。真紘さんへのチョコを買いに行った時に、二人へのチョコも購入しておいたのだ。

「はるのがえらんだんだよ！」

パパへは小さな高級感のある箱に入った海外ブランドのトリュフを、紘基へは乗り物の形をしたチョコの詰め合わせを遥乃が選んだ。

「チョコをくれるってことは、遥乃はパパのこともおにいちゃんのことも好きなんだよな」

「うん、すき。だいすきだよ」

仕事が忙しくて久しぶりに会えた時も、パパにくっついてなかなか離れようとしなかったのだ。遥乃はパパのことも大好きに決まっている。

「でも遥乃の一番は真紘なんだろ？」

「そうだけど……」

首を傾げて、考える素振りをする。何か言いたいことがある時の、遥乃の癖だ。

「はるのだって、ほんとはパパとケッコンしたいよ。でもパパはもうママとケッコンしてるでしょ」

「へっ？」

予想もしない答えだったのだろう。千紘さんが目を丸くしている。

「ほんとはパパがいちばんだよ。でもだめだから、まひろくんをいちばんにしたの！」

「そっか、ほんとはパパが遥乃の一番だったのか……」

緩みきった顔で、千紘さんが笑っている。そんな二人を見ながら、小さな声で紘基が、「え、俺は？」と言ったのを私は聞き逃さなかった。

子供達が寝静まった後、ようやく私の番が来た。

「千紘さんこれは私から」

「えっ、遥花もくれるの？」

遥乃が渡したもので終わりだと思っていたのだろう。私からは手作りのチョコレートだ。洋酒が入っていて子供達が食べたがったらいけないから、あの子達が眠ってしまうまで渡せなかった。

「嬉しいよ、ありがとう」

千紘さんは箱を開けて、早速一粒摘まんでみる。

「ん、美味しいよ」

「……よかった。実はまだ、味見をしていないの。お酒が入ってるから酔っちゃったらいけないなと思って」

「それなら今味見する？」

「えっ？」

私も一粒もらおうと手を伸ばした手を掴み、千紘さんが私の体を引き寄せた。

彼の体温に包まれ、うっとりと目を閉じる。しばらくそのままでいると、ふいに顎を持ち上げられ、唇同士が触れ合った。

「ん、んうぅ……」

ついばむようなキスは一瞬で、すぐに深くなる。千紘さんの体温で表面の溶けかけたチョコレートが彼の舌と共に侵入してきた。

彼が舌を動かすたびにほろ苦いチョコレートが口内を転がって、あっという間に溶けてしまう。中に閉じ込めていたブランデーが舌の上をとろりと流れ、舌先にぴりっとした感触が走った。芳醇な香りが広がって、アルコールのせいで頬が熱くなる。それと同時に、体はふわりとした浮遊感に包まれた。

「千紘さん、私酔ってしまったのかも」

「たった一粒で？」

元からお酒にはあまり強くないとはいえ、確かに一粒分のアルコールで酔ってしまうほど弱くはない。私はいったい、何に酔ってしまったのだろう。

「頼むよ遥花。そんな顔をして俺を煽らないでくれ」

「そんなつもりは……」

「ベッドに行こう」

千紘さんに手を引かれ、寝室へ向かった。

ベッドの端に、横向きに腰掛けた私の肩を、千紘さんが優しく押し倒す。ゆっくりと倒れ込み、再び二人の吐息が重なった。

舌を強く吸われ、頭の芯がじんと痺れていく。それだけでは飽き足らず、千紘さんは私の体中に唇を押し当て、私の体を開いていく。体中に甘い痺れが広がって、ようやく気がつくのだ。私が寄っているのはお酒ではなくて――。

「愛してます、千紘さん」

もう何年も一緒にいるけれど、ずっと変わらない想い。熱に浮かされた夜の中で、何度も何度も繰り返す。

「俺も、愛してるよ」

この先もずっと、今のままの二人で想い合っていられますように。

ほろ苦く甘い香りに満たされた部屋の中で、彼に愛されながら、私は祈った。

完

あとがき

はじめまして。美森《みもり》萠《めぐむ》と申します。このたびは拙作『シークレットベビー発覚で、ホテル御曹司の濃蜜な溺愛が止まりません』をお読みくださりありがとうございます。マーマレード文庫様から本を出していただくのは初めてです。作品を楽しんでいただけたら幸いです。

ヒロインの遥花には、ずいぶんつらい思いをさせてしまったな……と今読み返しても思います。その代わり、ラストはとびきりのハッピーエンドにしたつもりです。ヒーローの大きな愛に包まれて、穏やかに幸せに暮らしてくれることを願っています。

最後になりましたが、この場を借りてお礼申し上げます。

素敵な表紙イラストを描いてくださったカトーナオ先生。そして、編集担当様、マーマレード文庫編集部様。この場では書き尽くせないほどお世話になり、たくさんご迷惑もおかけしました。心よりお礼とお詫びを申し上げます。

そして最後に、この本を手に取ってくださった皆様に感謝申し上げます。本当にありがとうございます。
またいつの日かお会いできることを夢見て、これからも精進して参ります。

美森 萠

m a r m a l a d e b u n k o

別れる前提のはずが、
ひたむきな求愛で身ごもって…!?

ISBN 978-4-596-52938-1

エリート社長の格別な一途愛で陥落しそうです
～身代わり婚約者が愛の証を宿すまで～

夢野美紗

大企業の社長・理玖との縁談話がきた双子の妹に、彼との交際を代わってほしいと頼まれた愛美。誠実な理玖に惹かれていく一方で、「本気だから」と言う彼に、自分は代役だと罪悪感と切なさを募らせていた。ついに彼女は真実を打ち明けようとするが―「君を誰にも渡したくない」熱を孕んだ瞳で愛欲を刻まれ、愛美の妊娠が発覚。理玖の溺愛も増していき…！

m a r m a l a d e b u n k o

憧れの旦那様から果てぬ情欲でひたされて…!

クールな脳外科医の溺愛は、
懐妊してからなおさら甘くて止まりません
Hiromi Yuuin
有允ひろみ
illustration
唯奈
マーマレード文庫

ISBN 978-4-596-52768-4

クールな脳外科医の溺愛は、
懐妊してからなおさら甘くて止まりません
有允ひろみ

密かに想いを寄せていた医師・壮一郎と結婚が叶った美優。幸せいっぱいのはずの彼女だが、実は夫婦になっても壮一郎と寝室は別のままで、縮まらない距離に不安を感じていた。ところが、実は美優への情欲を昂らせていた壮一郎は、ある日を境に、クールな彼からは想像できないほど溺甘な旦那様に豹変!? 際限ない愛に蕩かされて、美優の妊娠も発覚し──。

甘くてほろ苦い。キュンとする恋♥　マーマレード文庫　定価 本体670円 + 税

原・稿・大・募・集

マーマレード文庫では
大人の女性のための恋愛小説を募集しております。

優秀な作品は当社より文庫として刊行いたします。
また、将来性のある方には編集者が担当につき、個別に指導いたします。

募集作品
男女の恋愛が描かれたオリジナルロマンス小説(二次創作は不可)。
商業未発表であれば、同人誌・Web上で発表済みの作品でも応募可能です。

応募資格
年齢性別プロアマ問いません。

応募要項
- A4判の用紙に、8万〜12万字程度。
- 用紙の1枚目に以下の項目を記入してください。
  ①作品名（ふりがな）／②作家名（ふりがな）／③本名（ふりがな）④年齢職業／⑤連絡先（郵便番号・住所・電話番号）／⑥メールアドレス／⑦略歴（他紙応募歴等）／⑧サイトURL（なければ省略）
- 用紙の2枚目に800字程度のあらすじを付けてください。
- プリントアウトした作品原稿には必ず通し番号を入れ、右上をクリップなどで綴じてください。
- 商業誌経験のある方は見本誌をお送りいただけると幸いです。

注意事項
- お送りいただいた原稿は返却いたしません。あらかじめご了承ください。
- 必ず印刷されたものをお送りください。CD-Rなどのデータのみの応募はお断りいたします。
- 採用された方のみ担当者よりご連絡いたします。選考経過・審査結果についてのお問い合わせには応じられませんのでご了承ください。

m a r m a l a d e b u n k o

応募先
〒100-0004 東京都千代田区大手町1-5-1 大手町ファーストスクエア イーストタワー19階
株式会社ハーパーコリンズ・ジャパン「マーマレード文庫作品募集」係

ご質問はこちらまで E-Mail / marmalade_label@harpercollins.co.jp

ファンレターの宛先

マーマレード文庫をお買い上げいただきありがとうございます。
この作品を読んでのご意見・ご感想をお聞かせください。

宛先
〒100-0004　東京都千代田区大手町1-5-1 大手町ファーストスクエア
イーストタワー19階
株式会社ハーパーコリンズ・ジャパン　マーマレード文庫編集部
美森 萠先生

マーマレード文庫特製壁紙プレゼント!

読者アンケートにお答えいただいた方全員に、表紙イラストの
特製 PC 用・スマートフォン用壁紙をプレゼントします。

詳細はマーマレード文庫サイトをご覧ください!!

公式サイト

@marmaladebunko

SNSもチェック!

マーマレード文庫

シークレットベビー発覚で、ホテル御曹司の濃蜜な溺愛が止まりません

2023年12月15日　第1刷発行　定価はカバーに表示してあります

著者　美森 萠　©MEGUMU MIMORI 2023
編集　株式会社エースクリエイター
発行人　鈴木幸辰
発行所　株式会社ハーパーコリンズ・ジャパン
東京都千代田区大手町1-5-1
電話　03-6269-2883（営業）
0570-008091（読者サービス係）
印刷・製本　中央精版印刷株式会社

ISBN-978-4-596-53158-2

m a r m a l a d e b u n k o